U0492272

21堂大师写作课

7位文学名家亲授写作秘诀

汪曾祺　等著

图书在版编目（CIP）数据

21堂大师写作课：7位文学名家亲授写作秘诀 / 汪曾祺等著. --北京：北京联合出版公司, 2022.1（2023.6重印）
ISBN 978-7-5596-5619-3

Ⅰ.①2… Ⅱ.①汪… Ⅲ.①文学写作学—通俗读物
Ⅳ.①I04-49

中国版本图书馆CIP数据核字（2021）第205284号

21堂大师写作课：7位文学名家亲授写作秘诀

作　　者：汪曾祺 等
出 品 人：赵红仕
选题创意：北京青梅树下文化传媒有限公司
策划制作：西周的木鱼
责任编辑：孙志文
装帧设计：仙　境

北京联合出版公司出版
（北京市西城区德外大街83号楼9层　100088）
北京联合天畅文化传播公司发行
北京美图印务有限公司印刷　新华书店经销
字数116千字　880毫米×1230毫米　1/32　7印张
2022年1月第1版　2023年6月第5次印刷
ISBN 978-7-5596-5619-3
定价：56.00元

目　录

老　舍

苏　童

冯骥才

史铁生

沈从文

谈创作

有人问我："怎样会写'创作'？"真是个窘人的题目。想了很久，我方能说出一句话，我说："因为他先'懂创作'。"问的于是也仿佛受了点儿窘，便走开了。

等待到这个很诚实的年轻人走后，我就思索我自己所下的那个字眼儿的分量。我想明白什么是"懂创作"，老实说，我得先弄明白一点，将来也省得窘人以后自己受窘。

就一般说来，大家读了许多书，或许记忆好些的书，还能把某一书里边最精彩的一页背诵如流，但这个人却并不是个懂创作的人。有些人会做得出动人的批评，把很好的文章说得极坏，把极坏的文章说得很好，但也不能称为懂创作的人。一个懂创作的人，也应当看许多书，但并不需记忆一段两段书。他不必会作批评文字，每一个作品在他心中却有一个数目。最要紧的是从无数小说中，明白如何写就可以成为小说，且明白一个小说许可他怎么样写。起始、结果、中间的铺叙，他口上并不能为人说出某一本书所用的方法极佳，但他知道有无数方法。他从一堆小说中知道说一个故事时处置故事的得失，他从无数话语中弄明白了说一句话时那种语气的轻重。他明白组织各种故事的方法，他明白文字的分量。是的，他最应当明白的是文字的分量。同时凡每一句话，每一个标点，他皆能拣选轻重得当的去使用。为了自己想弄明白文字的分量，他得在记忆里收藏了一大堆单字单句。他这点积蓄，是他平时处处用心，从眼睛里从耳朵里装进去的。平常人看一本书，只需记忆那本书故事的好坏，他不记忆故事。故事多容易，一个会创作的人，故事要它如何就如何，把一只狗写得比人还懂事，把一个人写得比石头还笨，都太容易了。一个创作者看一本书，他留心的只是“这本书如何写下去？写到某一件事，提到某一点气候同某一个人的感觉时，他使用了些什么文字去说明？他简单处简单到什么程度，相反地，复杂时又复杂到什么程度？他所说的这个故事，所用的一组文字，是不是合理的？……他有思想，有主张，他又如何去表现他这点主张？”

一个创作者在那么情形下看各种各样的书，他一面看书，一面就在那里学习经验[①]那本书上的一切人生。放下了书本，他便去想。走出门外去，他又仍然与看书同样的安静，同样的发生兴味，去看万汇百物在一分习惯下所发生的一切。他并不学画，他所选择的人事，常如一幅凸出的人生活动画图，与画家所注意的相暗合。他把一切官能很贪婪地去接近那些小事情，去称量那些小事情在另外一种人心中所有的分量，也如同他看书时称量文字一样。他喜欢一切，就因为当他接近他们时，他已忘了还有自己的身份存在。

简单说来，便是他能在书本上发痴，在一切人事上同样也能发痴。他从说明人生的书本上，养成了对于人生一切现象注意的兴味，再用对于实际人生体验的知识，来评判一个作品记录人生的得失。他再让一堆日子在眼前过去，慢慢地，他懂创作了。

目下有若干作家如何会写得出小说，他自己也就说不明白，但旁人可以看明白的，就是这些人一切作品皆常常浮

① 指体验。

在人事表面上，受不了时间的选择。不管写了一堆作品或一篇作品，不管如何善于运用作品以外的机会，很下流地造点文坛消息为自己说说话，不管如何聪敏伶巧地把自己作品押在一个较有利益的注上去，还是不成。在文字形式上，故事形式上，人生形式上，所知道的都太少了。写自己就极缺少那点所必需的能力。未写以前就不曾很客观地来学习过认识自己、分析自己、批评自己。多数作家的思想皆太容易转变了，对自己的工作实缺少了一点严格的批评、反省。从这样看来，无好成绩是很自然的。

我自己呢，是若干作者中之一人，还应当去学，还应当学许多。不希望自己比谁聪明，只希望自己比别人勤快一点，耐烦一点。

原题《新年试笔》，又题《谈创作》

首发于一九三四年一月《文学》

给一个读者

××先生：

来信已见到，谢谢。你问关于写小说的书，什么书店什么人作的较好。我看过这样书八本，从那些书上明白一件事，就是：凡编著那类书籍出版的人，肯定他自己绝不能写较好的创作，也不能给旁的从事文学的人多少帮助。那些书不管书名如何动人，内容总不大合于写作的事实，算不得灵丹妙药。他告你们“秘诀”，但这件事若并无秘诀可言，他玩的算个什么把戏，你想想也就明白了。真真的秘诀是多读多做，但这个已是一句老话了，不成其为秘诀的。我只预备告你几句话，虽然平淡无奇，也许还有一点用处，可作你的参考。

据我经验说来，写小说同别的工作一样，得好好地去“学”。又似乎完全不同别的工作，就因为学的方式可以不同。从旧的各种文字、新的各种文字理解文字的性质，明白它们的轻重，习惯于运用它们。这工作很简单，并无神秘，不需天才。不过，好像得看一大堆作品才会得到有用的启发。你说你也看了不少书。照我的推测，你看书的方法或值得讨论。从作品上了解那作品的价值与兴味，这是平常读书人的事。一个作者读书呢，却应从别人作品上了解那作品整个的分配方法，注意它如何处置文字如何处理故事，也可以说看得应深一层。一本好书不一定使自己如何兴奋，却宜于印象底记着。一个作者在别人好作品面前，照例不会怎么感动，在任何严重事件中，也不会怎么感动——作品他知道是写出来的，人事他知道无一不十分严重。他得比平常人冷静些，因为他正在看、分析、批判。他必须静静地看、分析、批判，自己写时方能下笔，方有可写的东西，写下来方能够从容而正确。文字是作家的武器，一个人理会文字的用处比旁人渊博，善于运用文字，正是他成为作家条件之一。几年来有个趋向，不少人以为文字艺术是种不必注意的小技巧。这有道理。不过这些人似乎并不细细想想，不懂文字，什么是文学。《诗经》与山歌不同，不在思想，还在文字！一个作家思想好，决不至于因文字也好反而使他思想变坏。一个性情幽默、知书识字的剃头师傅，能如老舍先生那么使用文字，也就有机会成为老舍先生。若不理解文字，也不能使用文字，那就只好成天挑小担儿各处做生意，就墙边太阳下给人理发，一面工作一面与主顾说笑话去了。写小说，想把作品涉及各方面生活，一个人在事实上不可能，在作品上却俨然逼真，这成功也靠文字。文字同颜料一样，本身是死的，会用它就会活。作画需要颜色，且需要会调弄颜色。一个作家不注意文字，不懂得文字的魔力，纵有好思想也表达不出。作品专重文字排比自然会变成四六文章[①]。我并不要你专注重文字。我意思是一个作家应了解文字的性能，这方面知识越渊博熟练，越容易写作品。

写小说应看一大堆好作品，而且还应当知道如何去看，方能明白，方能写。上面说的是我的主观设想。至于“理论”或“指南”“作法”一类书，我认为并无多大用处。这些书我就大半看不懂。我总不明白写这些书的人，在那里说些什么话。若照他们说的方法来写小说，许多作者一年中恐怕不容易写两个像样短篇了。“小说原理”“小说作法”那是上讲堂用的东西，至于一个作家，却只应看一堆作

① 指骈体文。

品，做无数次试验，从种种失败上找经验，慢慢地完成他那个工作。他应当在书本上学懂如何安排故事使用文字，却另外在人事上学明白人事。每人因环境不同，欢喜与憎恶多不相同。同一环境中人，又会因体质不一，爱憎也不一样。有张值洋一千元的钞票，掉在地下，我见了也许拾起来交给警察，你拾起来也许会捐给慈善机关，但被一个商人拾去呢？被一个划船水手拾去呢？被一个妓女拾去呢？你知道，用处不会相同的。男女恋爱也如此，男女事在每一个人解释下都成为一种新的意义。作战也如此，每个军人上战场时感情各不相同。作家从这方面应学的，是每一件事各以身份性别而产生的差别。简单说来就是“求差”。应明白各种人为义利所激发的情感如何各不相同。又譬如胖一点的人脾气常常很好，超过限度且易中风，瘦人能够跑路，神经敏锐。广东人爱吃蛇肉，四川人爱吃辣椒，北方人赶骆驼的也穿皮衣，四月间房子里还升火，河南、河北、山西乡村妇女如今还有缠足的，这又是某一地方多数人相同的。这是“求同”。求同知道人的类型，求差知道人的特性。我们能了解什么事有他的“类型”，凡属这事通相去不远，又知道什么事有他的“特性”，凡属个人皆无法强同。这些琐琐知识越丰富，写文章也就容易下笔了。知道的太少，那写出来的就常常不对。好作品照例使读者看来很对，很近人情，很合适。一个好作品上的人物，常使人发生亲近感觉。正因为他的爱憎，他的声音笑貌，都是一个活人。这活人由作者创造，作者可以大胆自由来创造，创造他的人格与性情，第一条件，是安排得对。他可以把工人角色写得性格极强，嗜好正当，人品高贵，即或他并不见到这样一个工人，只要写得对就成。但他如果写个工人有三妻六妾，会作诗，每天又作什么什么，就不对了。把身份、性情、忧乐安排得恰当合理，这作品文字又很美，很有力，便可以希望成为一个好作品。

不过有些人既不能看一大堆书，又不能各处跑，弄不明白人事中的差别或类型，也说不出这种差别或类型，是不是可以写得出好作品？换一个说法，就是假使你这时住在南洋，所见所闻总不能越出南洋天地以外，可读的书又仅仅几十本，是不是还可希望写几个大作品？据我想来也仍然办得到。经验世界原有两种方式，一是身临其境，一是思想散步。我们活到二十世纪，正不妨写十五世纪的历史小说。我们谁都缺少死亡的经验，然而也可以写出死亡的一切。写牢狱生活的不一定亲自入狱，写恋爱的也不必须亲自恋爱。虽然这举例不大与上面要说的相合，譬如这时要你写北平，恐怕多半写不对。但你不妨就“特点”下笔。你不妨写你身临其境所见所闻的南洋一切。你身边只有《红楼梦》一部，就记熟他的文字，用那点文字写南洋。你好好地去理解南洋的社会组织、丧庆仪式、人民观念与信仰，上层与下层的一切，懂得多而且透彻，就这种特殊风光作背景，再注入适当的想象，自然可以写得出很动人故事的。你若相信用破笔败色在南洋可以画成许多好画，就不妨同样试来用自己能够使用的文字，以南洋为中心写点东西。当前自然不免会发生一种困难，便是作品不容易使人接受的困难。这就全看你魄力来了。你有魄力同毅力，故事安置得很得体，观察又十分透彻，写它时又亲切而近人情，一切困难不足妨碍你作品的成就。（我们读一百年前的俄国小说，作品中人物还如同贴在自己生活上，可以证明，只要写得好，经过一次或两次翻译也仍然能接受的。）你对于这种工作有信心，不怕失败，总会有成就的。我们做人照例受习惯所支配，服从惰性过日子。把观念弄对了，向好[①]也可以养成一种向好的惰性。觉得自己要去做，相信自己做得到，把精力全部搁在这件工作上，征服一切并不十分困难，何况提起笔来写两个短篇

① 意为形势向好的方向发展。

小说？

你问，“一个作者应当要多少基本知识？”这不是几句话说得尽的问题。别的什么书上一定有这个答案。但答案显然全不适用。一个大兵，认识方字一千个左右，训练得法，他可以写出很好的故事。一个老博士，大房子里书籍从地板堆积到楼顶，而且每一本书皆经过他圈点校订，假定说，这些书全是诗歌吧，可是这个人你要他作一首诗，也许他写不出什么好诗。这不是知识多少问题，是训练问题。你有两只脚、两只眼睛、一个脑子、一只右手，想到什么地方就走去，要看什么就看定它，用脑子记忆，且把另一时另一种记忆补充，要写时就写下它，不知如何写时就温习别的作品是什么样式完成。如此训练下去，久而久之，自然就弄对了。学术专家需要专门学术的知识，文学作者却需要常识和想象。有丰富无比的常识，去运用无处不及的想象，把小说写好实在是件太容易的事情了。懒惰畏缩，在一切生活一切工作上皆不会有好成绩，当然也不能把小说写好。谁肯用力多爬一点路，谁就达到高一点的峰头。历史上一切伟大作品，都不是偶然成功的。每个大作家总得经过若干次失败，受过许多回挫折，流过不少滴汗水，才把作品写成。你虽不见过托尔斯泰，但你应当相信托尔斯泰这个人的伟大，那么大堆作品，还只是一双眼睛、一个脑子、一只右手作成的。你如今不是也有两只光光的眼睛、一个健全的脑子、一只强壮的右手吗？你所处的环境、所见的世界，实在说来比托尔斯泰还更幸运一些，你还怕什么？你担心无出路，你是不是真想走路？你不宜于在迈步以前惶恐，得大踏步走向前去。一个作者的基本条件，同从事其他事业的人一样，要勇敢、有恒，不怕失败，不以小小成就自限。……

一九三五年四月十日

一个作品的成立，是从技巧上着眼的

几年来文学词典上有个名词极不走运，就是“技巧”。多数人说到技巧时，就有一种鄙视意识。另外有一部分人却极害羞，在人面前深怕提这两个字。“技巧”两个字似乎包含了纤细、琐碎、空洞等意味，有时甚至于带点猥亵下流意味。对于小玩具、小摆设，我们褒奖赞颂中，离不了“技巧”一词，批评一篇文章，加上“技巧得很”时，就隐寓似褒实贬。说及一个人，若说他“为人有技巧”，这人便俨然是个世故滑头样子。总而言之，“技巧”一字已被流行观念所限制，所拘束，成为要不得的东西了。流行观念的成立，值得注意。流行观念的是非，值得讨论。

《诗经》上的诗，有些篇章读来觉得极美丽，《楚辞》上的文章，有些读来也觉得极有热情，它们是靠技巧存在的。骈体文写得十分典雅，八股文章写得十分老到，毫无可疑，也在技巧。前者具永久性，因为注重安排文字，达到另外一个目的，就是亲切、妥贴、近情、合理的目的。后者无永久性，因为除了玩弄文字以外毫无好处，近于精力白费，空洞无物。

同样是技巧，技巧的价值，是在看它如何使用而决定的。

一件恋爱故事，赵五爷爱上了钱少奶奶，孙大娘原是赵五爷的宝贝，知道情形，觉得失恋，气愤不过，便用小洋刀抹脖子自杀了。同样这么一件事，由一个新闻记者笔下写来，至多不过是就原来的故事，加上死者胡同名称，门牌号数，再随意记记屋中情形，附上几句公子多情，佳人命薄……于是血染茵席，返魂无术，如此如此而已。可是这件事若由冰心女士写下来，大致就不同了。记者用的是记者笔调，可写成一篇社会新闻。冰心女士懂得文学技巧，又能运用文学技巧，也许写出来便成一篇杰作了。从这一点说来，一个作品的成立，是从技巧上着眼的。

同样这么一件事，冰心女士动手把它写成一篇小说，称为杰作；另外一个作家，用同一方法，同一组织写成一个作品，结果却完全失败。在这里，我们更可以看到一个作品的成败，是决定在技巧上的。就“技巧”一词加以诠释，真正意义应当是“选择”，是“谨慎处置”，是“求妥贴”，是“求恰当”。一个作者下笔时，关于运用文字铺排故事方面，能够细心选择，能够谨慎处置，能够妥贴，能够恰当，不是坏事情。假定有一个人，在同一主题下连续写故事两篇，一则马马虎虎，信手写下，杂凑而成；一则对于一句话一个字，全部发展，整个组织，皆求其恰到好处，看去俨然不多不少。这两个作品本身的优劣，以及留给读者的印象，明明白白，摆在眼前。一个懂得技巧在艺术完成上的责任的人，对于技巧的态度，似乎应当看得客观一点的。

也许有人会那么说：“一个作品的成功，有许多原因。其一是文字经济，不浪费，自然，能亲切而近人情，有时虽有某些夸张，那好处仍然是能用人心来衡量，用人事作比较。至于矫揉造作、雕琢刻画的技巧，没有它，不妨事。”请问阁下：能经济，能不浪费，能亲切而近人情，不是技巧是什么？所谓矫揉造作，实在是技巧不足；所谓雕琢刻画，实在是技巧过多。是“不足”与“过多”的过失，非技巧本身过失。

文章徒重技巧，于是不可免转入空洞、累赘、芜杂，猥琐的骈体文与应制文产生。文章不重技巧而重思想，方可希望言之有物，不作枝枝节节描述，产生伟大作品。所谓伟大作品，自然是有思想，有魄力，有内容，文字虽泥沙杂下，却具有一泻千里的气势的作品。技巧被诅咒，被轻视，同时也近于被误解，便因为：一、技巧在某种习气下已发展过多，转入空疏；二、新时代所需要，实在不在乎此。社会需变革，必变革，方能进步。徒重技巧的文字，就文字本身言已成为进步阻碍，就社会言更无多少帮助。技巧有害于新文学运动，自然不能否认。

惟过犹不及。正由于数年来“技巧”二字被侮辱，被蔑视，许多所谓有思想的作品企图刻画时代变动的一部分或全体，在时间面前，却站立不住，反而更容易被“时代”淘汰忘却了。

一面流行观念虽已把“技巧”二字抛入茅坑里，事实是，有思想的作家，若预备写出一点有思想的作品，引起读者注意，推动社会产生变革，作家应当做的第一件事，还是得把技巧学会。

目前中国作者，若希望把本人作品成为光明的颂歌、未来世界的圣典，既不知如何驾驭文字，尽文字本能，使其具有光辉、效力，更不知如何安排作品，使作品似乎符咒，产生魔力，这颂歌，这圣典，是无法产生的。

人类高尚的理想、健康的理想，必须先融解在文字里，这理想方可成为“艺术”。无视文字的德性与效率，想望作品可以作杠杆，作火炬，作炸药，皆为徒然妄想。

因为艺术同技巧原本不可分开，莫轻视技巧，莫忽视技巧，莫滥用技巧。

一九三五年八月二十七日作

汪曾祺

传　神

看过一则杂记，唐朝有两个大画家，一个好像是韩干，另外一个我忘了，二人齐名，难分高下。有一次，皇帝——应该是玄宗了——命令他们俩同时给一个皇子画像。画成了，皇帝拿到宫里请皇后看，问哪一张画得像。皇后说："都像。这一张更像。——那一张只画出皇子的外貌，这一张画出了皇子的潇洒从容的神情。"于是二人之优劣遂定。哪一张更像呢？好像是韩干以外的那一位的一张。这个故事，对于写小说是很有启发的。

小说是写人的。写人，有时免不了要给人物画像。但是写小说不比画画，用语言文字描绘人物的形貌，不如用线条颜色表现得那样真切。十九世纪的小说流行摹写人物的肖像，写得很细致，但是不易使读者留下深刻的印象。但是用语言文字捕捉人物的神情——传神，是比较容易办到的，有时能比用颜色线条表现得更鲜明。中国画讲究“形神兼备”，对于写小说来说，传神比写形象更为重要。

我的老师沈从文写《边城》里的翠翠乖觉明慧，并没有过多地刻画其外形，只是捕捉住了翠翠的神气：

> 翠翠在风日里长养着，把皮肤变得黑黑的，触目为青山绿水，一对眸子清明如水晶。自然既长养她且教育她，为人天真活泼，处处俨然如一只小兽物。人又那么乖，如山头黄麂一样，从不想到残忍事情，从不发怒，从不动气。平时在渡船上遇陌生人对她有所注意时，便把光光的眼睛瞅着那陌生人，作成随时皆可举步逃入深山的神气，但明白了人无机心后，就又从从容容地在水边玩耍了。

鲁迅先生曾说过：有人说，画一个人最好是画他的眼睛。传神，离不开画眼睛。《祝福》两次写到祥林嫂的眼睛：

> 她不是鲁镇人。有一年的冬初，四叔家里要换女

工，做中人的卫老婆子带她进来了，头上扎着白头绳，乌裙，蓝夹袄，月白背心，年纪大约二十六七，脸色青黄，但两颊却还是红的。卫老婆子叫她祥林嫂，说是自己母家的邻舍，死了当家人，所以出来做工了。四叔皱了皱眉，四婶已经知道了他的意思，是在讨厌她是一个寡妇。但看她模样还周正，手脚都壮大，又只是顺着眼，不开一句口，很像一个安分耐劳的人，便不管四叔的皱眉，将她留下了。

我这回到鲁镇所见的人们中，改变之大，可以说无过于她的了：五年前的花白的头发，即今已经全白，全不像四十上下的人；脸上瘦削不堪，黄中带黑，而且消尽了先前悲哀的神色，仿佛是木刻似的；只有那眼珠间或一轮，还可以表示她是一个活物。

“顺着眼”，大概是绍兴方言；“间或一轮”，现在也不大用了，但意思是可以懂得的，神情可以想见。这“顺”着的眼和间或一轮的眼珠，写出了祥林嫂的神情和她的悲惨的遭遇。

我在几篇小说里用过画眼睛的方法：

两个女儿，长得跟她娘像一个模子里脱出来的。眼睛尤其像，白眼珠鸭蛋青，黑眼珠棋子黑，定神时如清水，闪动时像星星。浑身上下，头是头，脚是脚。头发滑滴滴的，衣服格铮铮的。——这里的风俗，十五六岁的姑娘就都梳上头了。这两个丫头，这一头的好头发！通红的发根，雪白的簪子！娘女三个去赶集，一集的人都朝她们望。（《受戒》）

巧云十五岁，长成了一朵花。身材、脸盘都像妈。瓜子脸，一边有一个很深的酒窝。眉毛黑如鸦翅，长入鬓角。眼角有点吊，是一双凤眼。睫毛很长，因此显得眼睛经常眯唏着；忽然回头，睁得大大的，带点吃惊而专注的神情，好像听到远处有人叫她似的。（《大淖记事》）

对于异常漂亮的女人，有时从正面直接描写很困难；或者已经写了，还嫌不足，中国的和外国的古代的诗人，不约而同地想出另外一种聪明的办法，即换一个角度，不是描写她本人，而是间接地描写看到她的别人的反应，从别人的欣赏、倾慕来反衬出她的美。希腊史诗《伊里亚特》里的海伦皇后是一个绝世的美人，但是荷马在描写她的美时，没有形容她的面貌肢体，只是用相当篇幅描写了看到她的几位老人的惊愕。汉代乐府《陌上桑》描写罗敷，也是用的这种方法：

行者见罗敷，下担捋髭须。
少者[①]见罗敷，脱帽著帩头。
耕者忘其犁，锄者忘其锄。
来归相怨怒，但坐观罗敷。

这种方法，不能使人产生具体的印象，但却可以唤起读者无边的想象。他没有看到这个美人是如何的美，但是他想得出她一定非常的美。这样的写法是虚的，但是读者的感受是实的。

这种方法，至少已经有两千多年的历史了，但是现代的

① “少者”应为“少年”，此处为作者误记。——编者注

作家还在用着。赵树理《小二黑结婚》写小芹，就用过这种方法（我手边无树理同志这篇小说，不能具引）。我在《大淖记事》里写巧云，也用了这种方法：

……她在门外的两棵树杈之间结网，在淖边平地上织席，就有一些少年人装着有事的样子来来去去。她上街买东西，甭管是买肉，买菜，打油，打酒，撕布，量头绳，买梳头油、雪花膏，买石碱、浆块，同样的钱，她买回来，分量都比别人多，东西都比别人的好。这个奥秘早被大娘、大婶们发现，她们就托她买东西，只要巧云一上街，都挎了好几个竹篮，回来时压得两个胳臂酸疼酸疼。泰山庙唱戏，人家都是自己扛了板凳去，巧云散着手就去了。一去了，总有人给她找一个得看的好座。台上的戏唱得正热闹，但是没有多少人叫好。因为好些人不是在看戏，是看她。

前引《受戒》里的“娘女三个赶集，一集的人都朝她们望”，用的也是这方法，只是繁简不同。

这些方法古已有之，应该说是陈旧的方法了，但是运用得好，却可以使之有新意，使人产生新鲜感。方法是不难理解的，也是不难掌握的，但是运用起来，却有不同。运用得好，使人觉得自自然然，很妥帖，很舒服，不露痕迹。虽然有法，恰似无法，用了技巧，却显不出技巧，好像是天生的一段文字，本来就该像这样写。用得不好，就会显得卖弄做作，笨拙生硬，使人像吃馒头时嚼出一块没有蒸熟的生面疙瘩。

这些写神情、画眼睛，从观赏者的角度反映出人的姿媚，都只是方法，是“用”，而不是“体”。“体”，是生活。没有丰富的生活积累，只是知道这些方法，还是写不出好作品的。反之，生活丰富了，对于这些方法，也就容易掌握，容易运用自如。

不过，作为初学写作者，知道这些方法，并且有意识地做一些练习，学习用几句话捉住一个人的神情，描绘若干双眼睛，尝试从别人的反应来写人，是有好处的。这可以锻炼自己的艺术感觉，并且这也是积累生活的验方。生活和艺术感是互相渗透，互为影响的。

载一九八四年第三期《江城》

小说技巧常谈

成语·乡谈·四字句

春节前与林斤澜同去看沈从文先生。座间谈起一位青年作家的小说，沈先生说：“他爱用成语写景，这不行。写景不能用成语。”这真是一针见血的经验之谈。写景是为了写人，不能一般化。必须状难状之景，如在目前，这样才能为人物设置一个特殊的环境，使读者能感触到人物所生存的世界。用成语写景，必然是似是而非，模模糊糊，因而也就是可有可无，衬托不出人物。《西游记》爱写景，常于“但见”之后，写一段骈四俪六的通俗小赋，对仗工整，声调铿锵，但多是“四时不谢之花，八节常春之草”一类的陈词套语，读者看到这里大都跳了过去，因为没有特点。

由沈先生的话使我连带想到，不但写景，就是描写人物，也不宜多用成语。旧小说多用成语描写人物的外貌，如“面如重枣”“面如锅底”“豹头环眼”“虎背熊腰”，给人的印象是“差不多”。评书里有许多“赞”，如“美人赞”，无非是“柳叶眉、杏核眼，樱桃小口一点点”。刘金定是这样，樊梨花也是这样。《红楼梦》写凤姐极生动，但多于其口角言谈、声音笑貌中得之，至于写她出场时的“亮相”，说她“两弯柳叶吊梢眉，一双丹凤三角眼”[①]，形象实在不大美，也不准确，就是因为受了评书的“赞”的影响，用了成语。

看来凡属描写，无论写景写人，都不宜用成语。

至于叙述语言，则不妨适当地使用一点成语。盖叙述是交代过程，来龙去脉，读者可能想见，稍用成语，能够节省笔墨。但也不宜多用。满篇都是成语，容易有市井气，有伤文体的庄重。

听说欧阳山同志劝广东的青年作家都到北京住几年，广

① 此处应为“一双丹凤三角眼，两弯柳叶吊梢眉”，作者误记。——编者注

东作家都要过语言关。孙犁同志说老舍在语言上得天独厚。这都是实情话。北京的作家在语言上占了很大的便宜。

大概从明朝起，北京话就成了“官话”。中国自有白话小说，用的就是官话。“三言”“二拍”的编著者，冯梦龙是苏州人，凌濛初是浙江乌程（吴兴）人，但文中用吴语甚少。冯梦龙偶尔在对话中用一点吴语，如“直待两脚壁立直，那时不关我事得”（《滕大尹鬼断家私》）。凌濛初的叙述语言中偶有吴语词汇，如“不匡”（苏州话里的“弗壳张”，想不到的意思）。《儒林外史》里有安徽话，《西游记》里淮安土语颇多（如“不当人子”）。但是这些小说大体都是用全国通行的官话写的。《红楼梦》是用地道的北京话写的。《红楼梦》对中国现代文学语言的形成，有着不可估量的影响。

有了官话文学，“白话文”的出现就是水到渠成的事，白话文运动的策源地在北京。“五四”时期许多外省籍的作家都是用普通话即官话写作的。有的是有意识地用北京话写作的。闻一多先生的《飞毛腿》就是用纯粹的北京口语写成的。朱自清先生晚年写的随笔，北京味儿也颇浓。

咱们现在都用普通话写作。普通话是以北方话作为基础方言，吸收别处方言的有用成分，以北京音为标准音的。“北方话”包括的范围很广，但是事实上北京话却是北方话的核心，也就是说是普通话的核心。北京话也是一种方言。普通话也仍然带有方言色彩。张奚若先生在当教育部长时作了一次报告，指出“普通话”是普遍通行的话，不是寻常的普普通通的话。就是说，不是没有个性、没有特点、没有地方色彩的话。普通话不是全国语言的最大公约数，不是把词汇压缩到最低程度，因而是缺乏艺术表现力的蒸馏水式的语言。普通话也有其生长的土壤，它的根扎在北京。要精通一种语言，最好是到那个地方住一阵子。欧阳山同志的忠告，是有道理的。

不能到北京，那就只好从书面语言去学，从作品学，那怎么说也是隔了一层。

吸收别处方言的有用成分。别处方言，首先是作家的家乡话。一个人最熟悉、理解最深、最能懂得其传神妙处的，还是自己的家乡话，即“母舌”。有些地区的作家比较占便宜，比如云、贵、川的作家。云、贵、川的话属西南官话，也算在“北京话”之内。这样他们就可以用家乡话写作，既有乡土气息，又易为外方人所懂，也可以说是“得天独厚”。沙汀、艾芜、何士光、周克芹都是这样。有的名物，各地歧异甚大，我以为不必强求统一。比如何士光的《种包谷的老人》，如果改成《种玉米的老人》，读者就会以为这是写的华北的故事。有些地方语词，只能以声音传情，很难望文生义，就有点麻烦。我的家乡（我的家乡属苏北官话区）把一个人穿衣服干净、整齐，挺括，有样子，叫作“格挣挣的”。我在写《受戒》时想用这个词，踌躇了很久。后来发现山西话里也有这个说法，并在元曲里也发现“格挣”这个词，才放心地用了。有些地方话不属“北方话”，比如吴语、粤语、闽南语、闽北语，就更加麻烦了。有些不得不用、无法代替的语词，最好加一点注解。高晓声小说中用了“投煞青鱼”，我到现在还不知道这究竟是什么意思。

作家最好多懂几种方言。有时为了加强地方色彩，作者不得不刻苦地学习这个地方的话。周立波是湖南益阳人，平常说话，乡音未改，《暴风骤雨》里却用了很多东北土话。旧小说里写一个人聪明伶俐、见多识广，每说他“能打各省乡谈”，比如浪子燕青。能多掌握几种方言，也是作家生活知识比较丰富的标志。

听说有些中青年作家非常反对用四字句，说是一看到四字句就讨厌。这使我有点觉得奇怪。

中国语言里本来就有许多四字句，不妨说四字句多是中国语言的特点之一。

我是主张适当地用一点四字句的。理由是：一、可以使文章有点中国味儿。二、经过锤炼的四字句往往比自然状态的口语更为简洁，更能传神。若干年前，偶读张恨水的一本小说，写几个政客在妓院里磋商政局，其中一人，“闭目抽烟，烟灰自落”。老谋深算，不动声色，只此八字，完全画出。三、连用四字句，可以把句与句之间的连词、介词，甚至主语都省掉，把有转折、多层次的几件事贯在一起，造成一种明快流畅的节奏。如：“乃瞻衡宇，载欣载奔。僮仆欢迎，稚子候门。三径就荒，松菊犹存。携幼入室，有酒盈樽。”（陶渊明《归去来兮辞》）。

反对用四字句，我想有两方面的原因。一方面是作者习惯于用外来的，即“洋”一点的方式叙述，四字句与这种叙述方式格格不入。一方面是觉得滥用四字句，容易使文体滑俗，带评书气。如果是第二种，我觉得可以同情。我并不主张用说评书的语言写小说。如果用一种“别体”，有意地用评书体甚至相声体来写小说，那另当别论。但是评书和相声与现代小说毕竟不是一回事。

呼　应

我曾在一篇谈小说创作的短文中提到章太炎论汪容甫的骈文，“起止自在，无首尾呼应之式”，表示很欣赏。汪容甫能把骈体文写得那样“自在”，行云流水，不讲起承转合那一套，读起来很有生气，不像一般四六文那样呆板，确实很不容易。但这是指行文布局，不是说小说的情节和细节的安排。小说的情节和细节，是要有呼应的。

李笠翁论戏曲讲究“密针线”，讲究照应和埋伏。《闲情偶寄》有一段说得好：

编戏有如缝衣，其初则以完全者剪碎，其后又以剪碎者凑成。剪碎易，凑成难。凑成之工，全在针线紧密。一节偶疏，全篇之破绽出矣。每编一折，必须前顾数折，后顾数折。顾前者欲其照映，顾后者便于埋伏。照映、埋伏，不止照映一人、埋伏一事，凡是剧中有名之人、关涉之事，与前此后此所说之话，节节俱要想到。

我是习惯于打好腹稿的。但一篇较长的小说，如超过一万字，总不能从头至尾每一个字都想好，有一个总体构思之后，总得一边写一边想。写的时候要往前想几段，往后想几段，不能写这段只想这段。有埋伏，有呼应，这样才能使各段之间互相沟通，成为一体，否则就成了拼盘或北京人过年吃的杂拌儿。譬如一弯流水，曲折流去，不断向前，又时时回顾，才能生动多姿。一边写一边想，顾前顾后，会写出一些原来没有想到的细节，或使原来想到但还不够鲜明的细节鲜明起来。我写《八千岁》，写了他允许儿子养几只鸽子，他自己有时也去看看鸽子，原来只是想写他也是个人，对生活的兴趣并未泯灭，但他在被八舅太爷敲了一笔竹杠，到赵厨房去参观满汉全席，赵厨房说鸽蛋燕窝里鸽蛋不够，他说了一句“你要鸽子蛋，我那里有”，都是事前没有想到的。只是觉得他的处境又可怜又可笑，才信手拈来，写了这样一笔。他平日自奉甚薄，饮食粗粝，老吃“草炉烧饼”，遭了变故，后来吃得好一点，我是想到的。但让他吃什么，却还没有想好。直到写到快结束时，我才想起在他的儿子把照例的“晚茶”——两个烧饼拿来时，他把烧饼往桌上一拍，大声说：“给我去叫一碗三鲜面！”边写边想，前后照顾，可以情文相生，时出新意。

埋伏和照映是要惨淡经营的，但也不能过分地刻意求之。埋伏处要能轻轻一笔，若不经意。照映处要顺理成章，水到渠成。要使读者看不出斧凿痕迹，只觉得自自然然，完完整整，如一丛花，如一棵菜。虽由人力，却似天成。如果使人看出来这里是埋伏，这里是照映，便成死症。

含　藏

“逢人只说三分话，未可全抛一片心”，这是一种庸俗的处世哲学。写小说却必须这样。李笠翁云，作诗文不可说尽，十分只说得二三分。都说出来，就没有意思了。

侯宝林有一个相声小段《买佛龛》。一个老太太买了一个祭灶用的佛龛，一个小伙子问她："老太太，您这佛龛是哪儿买的？"——"嗨，小伙子，这不能说买，得说'请'！"——"那您是多少钱'请'的？"——"嗐！这么个玩意儿——八毛！"听众都笑了。这就够了。如果侯宝林"评讲"一番，说老太太一提到钱，心疼，就把对佛龛的敬意给忘了，那还有什么意思呢？话全说白了，没个捉摸头了。契诃夫写《万卡》，万卡给爷爷写了一封很长的信，诉说他的悲惨的生活，写完了，写信封，信封上写道："寄给乡下的爷爷收"。如果契诃夫写出——万卡不知道，这封信爷爷是不会收到的，那这篇小说的感人力量就大大削弱了，契诃夫也就不是契诃夫了。

我写《异秉》，写到大家听到王二的"大小解分清"的异秉后，陈相公不见了，"原来陈相公在厕所里。这是陶先生发现的。他一头走进厕所，发现陈相公已经蹲在那里。本来，这时候都不是他们俩解大手的时候"。一位评论家在一次讨论会上，说他看到这里，过了半天，才大笑出来。如果我说破了他们是想试试自己能不能也做到"大小解分清"，就不会有这样的效果。如果再发一通议论，说：“他们竟然把生活的希望寄托在这样的微不足道的、可笑的生理特征上，庸俗而又可悲悯的小市民呀！”那就更完了。

“话到嘴边留半句”，在一点就破的地方，偏偏不要去点。在“裉节儿”上，“七寸三分”的地方，一定要“留”得住。尤三姐有言：“提着影戏人儿上场，好歹别戳破这层纸儿。”把作者的立意点出来，主题倒是清楚了，但也就使主题受到局限，而且意味也就索然了。

小说不宜点题。

一九八三年三月十五日

载一九八三年第四期《钟山》

“揉面”
——谈语言

语言是艺术[①]

语言本身是艺术，不只是工具。

写小说用的语言，文学的语言，不是口头语言，而是书面语言。是视觉的语言，不是听觉的语言。有的作家的语言离开口语较远，比如鲁迅；有的作家的语言比较接近口语，比如老舍。即使是老舍，我们可以说他的语言接近口语，甚至是口语化，但不能说他用口语写作，他用的是经过加工的口语。老舍是北京人，他的小说里用了很多北京话。陈建

① 本篇原载《花溪》一九八三年第一期，后与作者另一篇文章《揉面——谈语言运用》（原载《花溪》一九八二年第三期）合并为《“揉面”——谈语言》一文。首次收录于《晚翠文谈》，浙江文艺出版社，一九八八年版。

功、林斤澜、中杰英的小说里也用了不少北京话。但是他们并不是用北京话写作。他们只是吸取了北京话的词汇，尤其是北京人说话的神气、劲头、“味儿”。他们在北京人说话的基础上创造了各自的艺术语言。

小说是写给人看的，不是写给人听的。

外国人有给自己的亲友读自己的作品的习惯。普希金给老保姆读过诗。屠格涅夫给托尔斯泰读过自己的小说。效果不知如何。中国字不是拼音文字。中国的有文化的人，与其说是用汉语思维，不如说是用汉字思维。汉字的同音字又非常多。因此，很多中国作品不太宜于朗诵。

比如鲁迅的《高老夫子》：

> 他大吃一惊，至于连《中国历史教科书》也失手落在地上了，因为脑壳上突然遭到了什么东西的一击。他倒退两步，定睛看时，一枝夭斜的树枝横在他的面前，已被他的头撞得树叶都微微发抖。他赶紧弯腰去拾书本，书旁边竖着一块木牌，上面写道——

桑

桑科

看小说看到这里，谁都忍不住失声一笑。如果单是听，是觉不出那么可笑的。

有的诗是专门写来朗诵的，但是有的朗诵诗阅读的效果比耳听还更好一些。比如柯仲平的诗：

人在冰上走，
水在冰下流……

这写得很美。但是听朗诵的都是识字的，并且大都是有一定的诗的素养的，他们还是把听觉转化成视觉的（人的感觉是相通的），实际还是在想象中看到了那几个字。如果叫一个不识字的，没有文学素养的普通农民来听，大概不会感受到那样的意境，那样浓厚的诗意。“老妪都解”不难，叫老妪都能欣赏就不那么容易。“离离原上草”，老妪未必都能击节。

我是不太赞成电台朗诵诗和小说的，尤其是配了乐。我觉得这常常限制了甚至损伤了原作的意境。听这种朗诵总觉得是隔着袜子挠痒痒，很不过瘾，不若直接看书痛快。

文学作品的语言和口语最大的不同是精练。高尔基说契诃夫可以用一个字说了很多意思。这在说话时很难办到，而且也不必要。过于简练，甚至使人听不明白。张寿臣的单口相声，看印出来的本子，会觉得很啰唆，但是说相声就得那么说，才明白。反之，老舍的小说也不能当相声来说。

其次还有字的颜色、形象、声音。

中国字原来是象形文字，它包含形、音、义三个部分。形、音，是会对义产生影响的。中国人习惯于望“文”生义。“浩瀚”必非小水，“涓涓”定是细流。木玄虚的《海赋》里用了许多三点水的字，许多摹拟水的声音的词，这有点近于魔道。但是中国字有这些特点，是不能不注意的。

说小说的语言是视觉语言，不是说它没有声音。前已说过，人的感觉是相通的。声音美是语言美的很重要的因素。一个有文学修养的人，对文字训练有素的人，是会直接从字上“看”出它的声音的。中国语言因为有“调”，即“四声”，所以特别富于音乐性。一个搞文字的人，不能不讲一点声音之道。“前有浮声，则后有切响”，沈约把语言声音的规律概括得很扼要。简单地说，就是平仄声要交错使用。一句话都是平声或都是仄声，一顺边，是很难听的。京剧《智取威虎山》里有一句唱词，原来是“迎来春天换人间”，毛主席给改了一个字，把“天”字改成“色”字。有一点旧诗词训练的人都会知道，除了“色”字更具体之外，全句声音上要好听得多。原来全句六个平声字，声音太飘，改一个声音沉重的“色”字，一下子就扳过来了。写小说不比写诗词，不能有那样严的格律，但不能不追求语言的声音美，要训练自己的耳朵。一个写小说的人，如果学写一点旧诗、曲艺、戏曲的唱词，是有好处的。

外国话没有四声，但有类似中国的双声叠韵。高尔基曾批评一个作家的作品，说他用“咝”音的字太多，很难听。

中国语言里还有对仗这个东西。

中国旧诗用五七言，而文章中多用四六字句。骈体文固然是这样，骈四俪六；就是散文也是这样。尤其是四字句。四字句多，几乎成了汉语的一个特色。没有一篇文章找不出大量的四字句。如果有意避免四字句，便会形成一种非常奇特的拗体。适当地运用一些四字句，可以造成文章的稳定感。

我们现在写作时所用的语言，绝大部分是前人已经用过，在文章里写过的。有的语言，如果知道它的来历，便会产生联想，使这一句话有更丰富的意义。比如毛主席的诗："落花时节读华章。"如果不知出处，"落花时节"，就只是落花的时节。如果读过杜甫的诗，"岐王宅里寻常见，崔九堂前几度闻。正是江南好风景，落花时节又逢君"，就会知道"落花时节"就包含着久别重逢的意思，就可产生联想。《沙家浜》里有两句唱词"垒起七星灶，铜壶煮三江"，是从苏东坡的诗"大瓢贮月归春瓮，小杓分江入夜瓶"脱胎出来的。我们许多的语言，自觉或不自觉地，都是从前人的语言中脱胎而出的。如果平日留心，积学有素，就会如有源之水，触处成文。否则就会下笔枯窘，想要用一个词句，一时却找它不出。

语言是要磨炼，要学的。

怎样学习语言？——随时随地。

首先是向群众学习。

我在张家口听见一个饲养员批评一个有点个人英雄主义的组长：

“一个人再能，当不了四堵墙。旗杆再高，还得有两块石头夹着。”

我觉得这是很好的语言。

我刚到北京京剧团不久，听见一个同志说：

“有枣没枣打三竿，你知道哪块云彩里有雨啊？”

我觉得这也是很好的语言。

一次，我回乡，听家乡人谈过去运河的水位很高，说是站在河堤上可以“踢水洗脚”，我觉得这非常生动。

我在电车上听见一个幼儿园的孩子念一首大概是孩子们自己编的儿歌：

山上有个洞，
洞里有个碗，
碗里有块肉，
你吃了，我尝了，
我的故事讲完了！

他翻来覆去地念，分明从这种语言的游戏里得到很大的快乐。我反复地听着，也能感受到他的快乐。我觉得这首几乎是没有意义的儿歌的音节很美。我也捉摸出中国语言除了押韵之外还可以押调。“尝”“完”并不押韵，但是同是阳平，放在一起，产生一种很好玩的音乐感。

《礼记》的《月令》写得很美。

各地的“九九歌”是非常好的诗。

只要你留心，在大街上，在电车上，从人们的谈话中，从广告招贴上，你每天都能学到几句很好的语言。

其次是读书。

我要劝告青年作者，趁现在还年轻，多背几篇古文，背几首诗词，熟读一些现代作家的作品。

即使是看外国的翻译作品，也注意它的语言。我是从契诃夫、海明威、萨洛扬的语言中学到一些东西的。

读一点戏曲、曲艺、民歌。

我在《说说唱唱》当编辑的时候，看到一篇来稿，一个小戏，人物是一个小炉匠，上场念了两句对子：

风吹一炉火，
锤打万点金。

我觉得很美。

一九四七年，我在上海翻看一本老戏考，有一段滩簧，一个旦角上场唱了一句：

春风弹动半天霞。

我大为惊异：这是李贺的诗！

二十多年前，看到一首傣族的民歌，只有两句，至今忘记不了：

斧头砍过的再生树，
战争留下的孤儿。

巴甫连柯有一句名言："作家是用手思索的。"得不断地写，才能扪触到语言。老舍先生告诉过我，说他有得写，没得写，每天至少要写五百字。有一次我和他一同开会，有一位同志作了一个冗长而空洞的发言，老舍先生似听不听，他在一张纸上把几个人的姓名连缀在一起，编了一副对联：

伏园焦菊隐

老舍黄药眠

一个作家应该从语言中得到快乐，正像电车上那个念儿歌的孩子一样。

董其昌见一个书家写一个便条也很用心，问他为什么这样，这位书家说：“即此便是练字。”作家应该随时锻炼自己的语言，写一封信、一个便条，甚至是一个检查，也要力求语言准确合度。

鲁迅的书信、日记，都是好文章。

语言学中有一个术语，叫作“语感”。作家要锻炼自己对于语言的感觉。

王安石曾见一个青年诗人写的诗，绝句，写的是在宫廷中值班，很欣赏。其中的第三句是“日长奏罢长杨赋”，王安石给改了一下，变成“日长奏赋长杨罢”，且说：“诗家语必此等乃健。”为什么这样一改就“健”了呢？写小说的，不必写“日长奏赋长杨罢”这样的句子，但要能体会如何便“健”。要能体会峭拔、委婉、流丽、安详、沉痛……

建议青年作家研究研究老作家的手稿，捉摸他为什么改两个字，为什么要把那两个字颠倒一下。

“如鱼饮水，冷暖自知”，语言艺术有时是可以意会，难于言传的。

揉　面

使用语言，譬如揉面。面要揉到了，才软熟，筋道，有劲儿。水和面粉本来是两不相干的，多揉揉，水和面的分子就发生了变化。写作也是这样，下笔之前，要把语言在手里反复团弄。我的习惯是，打好腹稿。我写京剧剧本，一段唱词，二十来句，我是想得每一句都能背下来，才落笔的。写小说，要把全篇大体想好。怎样开头，怎样结尾，都想好。在写每一段之前，我是想得几乎能背下来，才写的（写的时候自然会又有些变化）。写出后，如果不满意，我就把原稿扔在一边，重新写过。我不习惯在原稿上涂改。在原稿上涂改，我觉得很别扭，思路纷杂，文气不贯。

曾见一些青年同志写作，写一句，想一句。我觉得这样写出来的语言往往是松的，散的，不成“个儿”，没有咬劲。

有一位评论家说我的语言有点特别，拆开来看，每一句都很平淡，放在一起，就有点味道。我想谁的语言不是这样？拆开来，不都是平平常常的话？

中国人写字，除了笔法，还讲究“行气”。包世臣说王羲之的字，看起来大大小小，单看一个字，也不见怎么好，放在一起，字的笔画之间，字与字之间，就如“老翁携带幼孙，顾盼有情，痛痒相关”。安排语言，也是这样。一个词，一个词；一句，一句；痛痒相关，互相映带，才能姿势横生，气韵生动。

中国人写文章讲究“文气”，这是很有道理的。

自铸新词

托尔斯泰称赞过这样的语言："菌子已经没有了，但是菌子的气味留在空气里"，以为这写得很美。好像是屠格涅夫曾经这样描写一棵大树被伐倒："大树叹息着，庄重地倒下了。"这写得非常真实。"庄重"，真好！我们来写，也许会写出"慢慢地倒下""沉重地倒下"，写不出"庄重"。鲁迅的《药》这样描写枯草："枯草支支直立，有如铜丝。"大概还没有一个人用"铜丝"来形容过稀疏瘦硬的秋草。《高老夫子》里有这样几句话："我没有再教下去的意思。女学堂真不知道要闹成什么样子。我辈正经人，确乎犯不上酱在一起……""酱在一起"，真是妙绝（高老夫子是绍兴人。如果写的是北京人，就只能说"犯不上一块掺和"，那味道可就差远了）。

我的老师沈从文在《边城》里两次写翠翠拉船，所用字眼不一样。一次是：

> 有时过渡的是从川东过茶峒的小牛，是羊群，是新娘子的花轿，翠翠必争着做渡船夫，站在船头，懒懒地

攀引缆索，让船缓缓地过去。

又一次：

> 翠翠斜睨了客人一眼，见客人正盯着她，便把脸背过去，抿着嘴儿，不声不响，很自负地拉着那条横缆。

“懒懒地”“很自负地”，都是很平常的字眼，但是没有人这样用过。要知道盯着翠翠的客人是翠翠所喜欢的傩送二老[①]，于是“很自负地”四个字在这里就有了很多很深的意思了。

我曾在一篇小说里描写过火车的灯光，“车窗蜜黄色的灯光连续地映在果园东边的树墙子上，一方块，一方块，川流不息地追赶着”；在另一篇小说里描写过夜里的马，“正在安静地、严肃地咀嚼着草料”，自以为写得很贴切。“追赶”“严肃”都不是新鲜字眼，但是它表达了我自己在生活中捕捉到的印象。

① 指老二，在兄弟中傩送排行第二，其兄为天保。

一个作家要养成一种习惯，时时观察生活，并把自己的印象用清晰的、明确的语言表达出来。写下来也可以。不写下来，就记住（真正用自己的眼睛观察到的印象是不易忘记的）。记忆里保存了这种经用语言固定住的印象多了，写作时就会从笔端流出，不觉吃力。

语言的独创，不是去杜撰一些“谁也不懂的形容词之类”。好的语言都是平平常常的，人人能懂，并且也可能说得出来的语言——只是他没有说出来。人人心中所有，笔下所无。“红杏枝头春意闹”“满宫明月梨花白”都是这样。“闹”字、“白”字，有什么稀奇呢？然而，未经人道。

写小说不比写散文诗，语言不必那样精致。但是好的小说里总要有一点散文诗。

语言要和人物贴近

我初学写小说时喜欢把人物的对话写得很漂亮，有诗意，有哲理，有时甚至很“玄”。沈从文先生对我说：“你这是两个聪明脑壳打架！”他的意思是说这不像真人说的话。托尔斯泰说过："人是不能用警句交谈的。"

尼采的"苏鲁支语录"是一个哲人的独白。吉伯维的《先知》讲的是一些箴言。这都不是人物的对话。《朱子语类》是讲道经、谈学问的，倒是谈得很自然，很亲切，没有那么多道学气，像一个活人说的话。我劝青年同志不妨看看这本书，从里面可以学习语言。

《史记》里用口语记述了很多人的对话，很生动。"夥颐，涉之为王沉沉者！"写出了陈涉的乡人乍见皇帝时的惊叹（"夥颐"历来的注家解释不一，我以为这就是一个状声的感叹词，用现在的字写出来就是："嗬咦！"）。《世说新语》里记录了很多人的对话，寥寥数语，风度宛然。张岱记两个老者去逛一处林园，婆娑其间，一老者说："真是蓬莱仙境了也！"另一个老者说："箇边哪有这样！"生动之至，而且一听就是绍兴话。《聊斋志异·翩翩》写两个少妇对话："一日，有少妇笑入！曰：'翩翩小鬼头快活死！薛姑子好梦几时做得？'女迎笑曰：'花城娘子，贵趾久弗涉，今日西南风紧，吹送来也——小哥子抱得未？'曰：'又一小婢子。'女笑曰：'花娘子瓦窑哉！——那弗将来？’曰：‘方鸣之，睡却矣。’”这对话是用文言文写的，但是神态跃然纸上。

写对话就应该这样，普普通通，家常里短，有一点人物性格、神态，不能有多少深文大义。——写戏稍稍不同，戏剧的对话有时可以“提高”一点，可以讲一点“字儿话”，大篇大论，讲一点哲理，甚至可以说格言。

可是现在不少青年同志写小说时，也像我初学写作时一样，喜欢让人物讲一些他不可能讲的话，而且用了很多辞藻。有的小说写农民，讲的却是城里的大学生讲的话——大学生也未必那样讲话。

不单是对话，就是叙述、描写的语言，也要和所写的人物“靠”。

我最近看了一个青年作家写的小说，小说用的是第一人称，小说中的“我”是一个才入小学的孩子，写的是“我”的一个同桌的女同学，这未尝不可。但是这个“我”对他的小同学的印象却是：“她长得很纤秀。”这是不可能的。小学生的语言里不可能有这个词。

有的小说，是写农村的。对话是农民的语言，叙述却是知识分子的语言，叙述和对话脱节。

小说里所描写的景物，不但要是作者眼中所见，而且要是所写的人物的眼中所见。对景物的感受，得是人物的感受。不能离开人物，单写作者自己的感受。作者得设身处地，和人物感同身受。小说的颜色、声音、形象、气氛，得和所写的人物水乳交融，浑然一体。就是说，小说的每一个字，都渗透了人物。写景，就是写人。

契诃夫曾听一个农民描写海，说："海是大的。"这很美。一个农民眼中的海也就是这样。如果在写农民的小说中，有海，说海是如何苍茫、浩瀚、蔚蓝……统统都不对。我曾经坐火车经过张家口坝上草原，有几里地，开满了手掌大的蓝色的马兰花，我觉得真是到了一个童话的世界。我后来写一个孩子坐牛车通过这片地，本是顺理成章，可以写成：他觉得到了一个童话的世界。但是我不能这样写，因为这个孩子是个农村的孩子，他没有念过书，在他的语言里没有“童话”这样的概念。我只能写：他好像在一个梦里。我写一个从山里来的放羊的孩子看一个农业科学研究所的温室，温室里冬天也结黄瓜，结西红柿：西红柿那样红，黄瓜那样绿，好像上了颜色一样。我只能这样写。“好像上了颜色一样”，这就是这个放羊娃的感受。如果稍微写得华丽一点，就不真实。

有的作者有鲜明的个人风格，可以不用署名，一看就知是某人的作品。但是他的各篇作品的风格又不一样。作者的语言风格每因所写的人物、题材而异。契诃夫写《万卡》和写《草原》《黑修士》所用的语言是很不相同的。作者所写的题材愈广泛，他的风格也是愈易多样。

我写《徙》里用了一些文言的句子，如“呜呼，先生之泽远矣”“墓草萋萋，落照昏黄，歌声犹在，斯人邈矣”。因为写的是一个旧社会的国文教员。写《受戒》《大淖记事》，就不能用这样的语言。

作者对所写的人物的感情、态度，决定一篇小说的调子，也就是风格。鲁迅写《故乡》《伤逝》和《高老夫子》

《肥皂》的感情很不一样。对闰土、涓生有深浅不同的同情，而对高尔础、四铭则是不同的厌恶。因此，调子也不同。高晓声写《拣珍珠》和《陈奂生上城》的调子不同，王蒙的《说客盈门》和《风筝飘带》几乎不像是一个人写的。我写的《受戒》《大淖记事》，抒情的成分多一些，因为我很喜爱所写的人，《异秉》里的人物很可笑，也很可悲悯，所以文体上也就亦庄亦谐。

我觉得一篇小说的开头很难，难的是定全篇的调子。如果对人物的感情、态度把握住了，调子定准了，下面就会写得很顺畅。如果对人物的感情、态度把握不稳，心里没底，或是有什么顾虑，往往就会觉得手生荆棘，有时会半途而废。

作者对所写的人、事，总是有个态度，有感情的。在外国叫作“倾向性”，在中国叫作“褒贬”。但是作者的态度、感情不能跳出故事去单独表现，只能融化在叙述和描写之中，流露于字里行间，这叫作“春秋笔法”。

正如恩格斯所说：倾向性不要特别地说出。

梁实秋

文学的纪律

一

蒲伯[1]（Pope）在他的早年作品《论批评》[2]（*Essay on Criticism*）一诗里，说过这样的话：

These rules of old，discovered，not devised，
Are nature still，but nature methodized.
Nature，like liberty，is but restrained，
By the same laws which first herself ordained.

这几句话的意思大概是："古代的规律，乃是发现的

① 今译蒲柏（1688—1744），古典主义诗人，十八世纪英国最伟大的诗人。代表作有《伊利亚特》《奥德赛》等。
② 今译《批评论》。

而不是捏造的，还是‘自然’，不过是经过整理后的‘自然’。‘自然’就和自由一样，只要受她原来创造的法则所节制。”简单地说，蒲伯的意思是说，规律是不悖于自然的，并且自然本身也自有其自然之法则。

蒲伯是英国的新古典派的批评家，《论批评》这首诗可以说是集英国新古典派的意见之大成，上面这四行也是里面最警辟的几行。“新古典的”这一个名称在如今是一个令人唾弃的用语，所以蒲伯和那一派的批评学说在现今不能赢得人们的信仰。自从浪漫派的学说在近代得势以来，有两大思想横亘在一般人的心里：一个是“天才的独创”，一个是“想象的自由”。在西洋文学里，晚近的潮流差不多都是向着这两个方向走。所谓“天才”，是对着“常识”（good sense）而言；所谓“独创”，是对着“模仿”而言；所谓“想象”，是对着“理性”而言；所谓“自由”，是对着“规律”而言。总结起来说，全部的浪漫运动是一个抗议，对新古典派的主张的一个抗议。这一个抗议是感情的，不是理性的；是破坏的，不是建设的。换言之，浪漫运动即是推翻新古典的标准的运动。

新古典派的标准，就是在文学里定下多少规律，创作家要遵着规律创作，批评家也遵着规律批评。首先把文学标准“规律化”的，不是亚里士多德，不是古希腊的批评家，却是罗马的批评家何瑞斯[①]（Horace）。读过他的《诗的艺术》的，应该熟悉他的“适当律”（law of decorum）。何瑞斯所谓的“适当”，即是一大堆文学规律的总和。我且引哈克教授的一段解释（见《哈佛大学古典文学的研究》卷二十七，R. K. Hack：*Doctrine of Litorary Forms*第二十二页）：

> ……一切文学的作品，无论是描写人物或是建筑格局，各型类[②]均各有其确定不移的形式、完美的规律。守此规律的即为适当，否则失败。所以“适当律”便是理想形式与实验作品中间的一种作用；其效用西塞罗曾详为解释。例如：理想的悲剧分为五幕，若分为四幕或六幕，便不适当了。理想的老年人，必缺乏热心，诸事延迟，易触怒，喜怨言，对年轻一辈人常作严酷的批评：如其把老年人描写成为一个热心的、敏捷的、慈善的，

① 今译贺拉斯（前65—前8），罗马帝国奥古斯都统治时期著名诗人、批评家、翻译家。

② 意为类型。

这便是违反了“适当律”。

这不过是只举出新古典派的始祖所定下的两条规律：一是悲剧必分五幕，一是人物必合型类。我们已然可以看出这样的批评学说是很无谓的。好的戏剧，一幕也可以，两幕也可以；有文学价值的人物，正不必一定丧失他的特有的人格。新古典派受人攻击者，以此；浪漫派所凭以号召者，亦以此。再举一个例，例如“戏剧的三一律”，这是意大利文艺复兴期的产物，喀斯台耳维特罗确定的，斯喀利哲儿宣扬的，到后来法国学院为了审查一篇不合格的“Le Gid”掀起了文学批评里最大的一个辩论，一面说不合三一律便不适当，一面乃怀疑三一律是否适当，因此引出了文学里权威与自由的问题。这一场大辩论，是严酷守法的新古典派占胜，还是倡言反抗的占胜，这是不问可知的。

文学的规律是应该推翻的，浪漫派的批评家不是无的放矢。阿迪生是英国近代浪漫运动的一个先驱者，他在一七一四年九月十日的《旁观报》上说得好：

……有些人对于文学的规律是十分的熟悉，但在

> 特别情形之下偏与规律相悖。古代悲剧作家中，此种例证，不胜枚举，彼等故意地违犯一个戏剧的规律，以成功一种更高的美，为恪守规律者所不能及。……这就是意大利人所谓艺术中之gusto grande，亦即吾人所谓文艺中之高超性。……伟大的天才，不知艺术规律为何物，但其所作，往往比恪守规律之小天才为更美。……

但是浪漫主义者所推翻的不仅是新古典的规律，连标准、秩序、理性、节制的精神，一齐都打破了。浪漫运动的起因是不可免的，且是有价值的，但其结果是过度的，且是有害的。由过度的严酷的规律，一变而为过度的放纵的混乱。这叫作过犹不及，同是不合于伦理的态度。上面提起的"天才的独创"与"想象的自由"，便是浪漫的混乱之理论的根据。

上文是根据西洋文学史上的事实说明新古典派与浪漫派的势力消长的来由，其实这两种势力永远是存在的，有时在一国的文学里，在一时代的文学里，甚至在一个人的文学里，都可以看出一方面是开扩的感情的主观的力量，一方面是集中的理性的客观的力量，互相激荡。纯正的古典观察点，是要在二者之间体会得一个中庸之道。规律是要打倒的，而文学里有超于规律的标准。我曾说：

> 吾人不可希望文学批评的标准能采取条律的形式，因为“人性”既不能以条律相绳范，文学作品自不能以条律为衡量。不过我们确信文学批评有超于规律的标准。凡以“理知主义”趋诸极端者，和“绝智主义”一样，同是不合于“人性”。……（见《文学批评辩》）

总而言之：文学里可以不要规律，但是不能不要标准。从事于文学事业的人，对于这个标准要发生一种相当的关系，那便是文学的纪律的问题。

二

凡从事于文学事业者，无论是立在创作者或批评者的地位，甚而至于欣赏者的地位，其态度必须是严重[①]的。晚近文

① 意为严肃、端正。

学界，有许多与严重性[①]相反的趋向。在艺术里，态度是最要紧的；所以讲起文学的纪律，首先要讨论文学的态度。

社会里永远有一个不能了解文学艺术的阶级。阿诺德所痛心疾首指责不遗余力的“非力斯丁”，已然成了一个不朽的名词。其实足为文学艺术前途之患的，不是任何十足的不懂文学艺术的阶级，而是潜伏在文学艺术以内的而态度又不严重的人。

近代文明特出的一种产物，名叫T.B.M.，就是英文“倦了的商人”的缩写，他的特点是一天做了八小时的工作，筋疲力倦，余下来的时间所需要的是一点娱乐，是靠在沙发上口衔雪茄读一本新出的爱情小说，或是踱到戏园去看一出连唱带做的音乐喜剧。把文学艺术当作消遣品，便是一个不严重的态度。社会上这种不严重的态度一天比一天激进，从事文艺的人便有心无心地受了绝大的踏入歧途的引诱。近代的批评家说，文学要适应潮流，初不问这个潮流是属于什么样的质地。其实文学的创作，或宽泛些说，一切的文学作品，

① 意为严肃性、庄重性。

不是走在潮流前面，就是走在潮流后面，无所谓适应不适应。T.B.M.所需要的文学，是不含深刻意义的文字，同时就有人引了“游戏学说”（play theory）来作理论上的根据。他们说，文学的创作本来就不过是人类游戏的本能的表现。游戏的结晶，拿来作饭后的消遣，谁云不宜？这样推论下去，文学作品能与人以最大之消遣，便为有最大之价值。换言之，文学的价值要纯视销数多少以为断。文学的标准定在群众的胃口。T.B.M.还不过是社会上对文学缺乏严重性的人的一种。然而他却可以代表一般群众对于文学的态度。求急功近利的创作家，也便随着走上不严重的路。这也便是经济学上所谓之供求相应的道理。伟大的文学者，必先不为群众的胃口所囿，超出时代的喧豗，然后才能产生冷静的、审慎的、严重的作品。歌德是个最厌恶群众、最鄙视社会的人，他在一八二四年正月二日《与爱克曼谈话记》里说：

> 目前我们的天才是在群众的手里。无处无日不有批评，社会的群众也因此而纷纷议论，真正健全的作品在此种状态之下决不能够产生。如今若是不能与此种环境隔离，必致失其所措。

创作家所当顾虑的，不是群众的议论与嗜好，而别有超出环境的标准在。

另有一种人的态度，也是不严重的，但是比较不容易辨识，所以其影响也就更为致命。这个态度便是好奇。我先引阿诺德的一段话：

> 关于智识的事物，有一种好奇是无聊的，并且是病态；但另有一种好奇，——是一种研求心灵上的事物的欲望，为的是因能看到事物的本来面目而喜悦，——这种好奇心对于一个有智慧的人该是很自然的，并且应得称赞的。

阿诺德不承认第二种的好奇只是好奇，因为他给“文化”下定义曰：

> 文化正当之解释，其起源不是由于好奇心，其起源乃由于完美之爱好；文化即完美之研究。（俱见《文化与混乱》第一章）

好奇是研究文学、创作文学的一个大病。英国十八世纪浪漫运动初期之一般的virtuosi（搜求美术品者），法国印象主义所代表的那种dilettanteism（游艺主义），这全是纯粹的好奇心的表现。文学的目的是在借宇宙、自然、人生之种种的现象来表示出普遍固定之人性，而此人性并不是存在什么高山深谷里面，所以我们正不必像探险者一般东求西搜。这人生的精髓就在我们的心里，纯正的人性在理性的生活里就可以实现。人性是不稀奇的，从事文学的人，若专从“奇”处着想，这条路便越走越远，所谓“道不远人自远之”。何瑞斯所谓“Nil Admirari”，英文的意思即是“to wonder at nothing”，亦即从事文学者不从“奇”处着想的意思。文学的研究，或创作或批评或欣赏，都不在满足我们的好奇的欲望，而在于表现出一个完美人性。好奇心的活动是任意的，不拘方向的，漫无别择的；文学的活动是有纪律的，有标准的，有节制的。

文学是男性的，强健的；不是女性的，轻柔的。把文学认为是女性的产物，这种观察的发生是很早的。弥拉（J. H. Millar）在他的《十八世纪中部之文学》第五页上有下面的一段有趣的记载：

柴斯特菲尔德是一个标类的代表，也是当时的一个政治家；何瑞斯渥尔波耳是一个十足的游艺者，也不曾与政治完全脱离关系。戏里的劳夫地先生说得好："我们有事业的人，看不起现代的作家；讲到古代作家呢，我们也没有工夫读他们。诗是很好的东西，为我们的妻女，但不是为我们。"……

如今恐怕还有人这样相信，以为男性的力量只在机械工程或银行簿记的事上发展。殊不知文学是一种极严重的工作，——创作者要严重地创作，然后作品才有意义；批评者要严重地批评，然后批评才能中肯；欣赏者要严重地欣赏，然后欣赏才能切实。

三

文学的力量，不在于开扩，而在于集中；不在于放纵，而在于节制。新古典派所定下的许多文学的规律，都是根据于节制的精神，但是那些规律乃是"外在的权威"（outer authority）而不是"内在的制裁"（internal check）。把"外在的权威"打倒，然后文学才有自由；把"内在的制裁”推翻，文学就要陷于混乱了。新古典派所主张的是要执行“外在的权威”，以求型类之适当；古典派所提倡的是尊奉“内在的制裁”，以求表现之合度。这个分别是很清晰的。

所谓“节制的力量”，就是以理性（reason）驾驭情感，以理性节制想象。

实在讲，理性与情感不是对峙的名词，就和“浪漫的”与“古典的”不是对峙的名词一样。我先引译阿伯克龙比教授（Abercrombie）一段很有见地的话（见《浪漫主义论》第三十一至三十四页）：

> 以浪漫主义与古典主义对峙而言，甚为不当，因为古典主义不是列在浪漫主义同等的位置的。我曾说，浪漫主义是一种原质……古典主义呢，决不是一种原质，而是许多原质混合的一种状态。……古典主义就是艺术的健康：即各种原质的特点之相当的配和。如其你要寻出一个古典的成分，以与浪漫的成分相对立，必定劳而无功，因为二者不是对立的。无所谓古典的成分！不过有许多成分可以平稳地配合起来，这种配合，这种健

康，就是古典主义了。我不知道这些成分有多少，也不知道究竟有没有确数；浪漫主义却是其中之一……

确切地说，阿伯克龙比的解说是精当的。古典主义者所注重的是艺术的健康，健康是由于各个成分之合理的发展，不使任何成分呈畸形的现象，要做到这个地步，必须要有一个制裁的总枢纽，那便是理性。所以我屡次地说，古典主义者要注重理性，不是说把理性作为文学的唯一的材料，而是说把理性作为最高的节制机关。浪漫的成分无论在什么人或是什么作品里恐怕都不能尽免，不过若把这浪漫的成分推崇过分，使成为一种主义，使情感成为文学的最领袖[①]的原料，这便如同一个生热病的状态。以理性与情感比较而言，就是以健康与病态比较而言。

感情主义（emotionalism）是浪漫主义的精髓。没有人比卢梭更富于感情，更易于被感情所趋使。卢梭个人的行为，处处是感情用事，一切的虚伪、浮躁、暴虐、激烈、薄情，在在[②]都是情感决溃的缘故。我们试读他的《忏悔》，就

① 指最具有主导地位。

② 意为处处。

可以觉得书里的主人是自始至终地患着热病，患着自大狂、被迫狂、色情狂……一切的感情过度的病态。他是天才，是的，是一个变态的天才。卢梭的思想，也是弥满了感情主义的色彩，他自己说得好：“余之哲学非由原理演绎而得，乃由情感抽引而出。”文学里的感情主义当然是不自卢梭始，卢梭以前就有了“卢梭主义”。最明显的证据：卢梭的《新爱绿绮思》便是受了英国的李查孙的《克拉丽撒》的启示。台克斯特（Texte）所著《卢梭与文学里的大同主义》一书关于此点叙说得最详尽。德国的“狂飙运动”也是一个不折不扣的情感主义的混沌！近代的所谓“未来派的戏剧”以及战后新兴的各种奇奇怪怪的新艺术，无一不是过度的情感的产物。

情感不是一定该被诅咒的，伟大的文学者所该致力的是怎样把情感放在理性的缰绳之下。文学的效用不在激发读者的热忱，而在引起读者的情绪之后，予以和平的、宁静的、沉思的一种舒适的感觉。亚里士多德于悲剧定义中所谓之“kathar sis（“涤净”之意），可以施用在一切的文学作品。文学固可以发泄极丰烈极壮伟的情感，而其抒情之方法，却大有斟酌之处。文学本身是模仿，不是主观的，所以在抒泄情感之际也自有一个相当的分寸，须不悖于常态的人生，须不反乎理性的节制。这样健康的文学，才能产出伦理的效果。今且举雄辩的艺术以为例：希腊的雄辩术，是一个独立的艺术，第一流的雄辩家其遣词命意全要经过选择，用各种艺术的技能使听者为之动容，为之情感兴奋，然而在结尾的地方，必须极慎重地把紧张的空气松弛下来，使听者复归于心平气和之境。这是真正的古典的法度。现今所谓的演说，尤其是煽惑罢工的领袖的演说，一个人全部地为感情所支配，讲者叫嚣暴躁，听者为之摩拳擦掌，结果往往是一个暴动。这个分别是浅而易见的：一个是有理性统驭的，一个没有。文学也是如此。伟大的文学的力量，不藏在情感里面，而是藏在制裁情感的理性里面。

情感也有真假之分：真的情感是自然流露的，假的情感是故意造成的。有一种人，感情的生活养成了一种习惯，非在情感紧张的状态之下不能得到安慰，于是凡遇不关痛痒的刺激，也立刻发生情感的反应，是之谓伤感，是之谓无病呻吟。伤感主义近来已成了流行的症候。一个标类的伤感主义者，必是喜欢造作一种哀苦的气氛，以求自我催眠；必是要示人以无限制的同情，为一般被损害者做浮浅的抗声；必是把自己看得异常重要，把自己的情感上的缺憾认为是人生最大恨事；必是故意地想象着自己的生活已临到险恶的绝崖，以图情感上受些尖锐的刺激……在英国文学里，麦克弗孙的欧迅诗，大概是可以算作很早的伤感的作品，勃恩斯的《给一只老鼠》也大有伤感的意味，拜伦更有极大的伤感的成分。伤感主义者的一个根本信仰，就是人性善。所以他认定人的感情是不会错的，可以做人生的指导。

四

一切的文学都是想象的，我们要问的是，这想象的质地是否纯正。新闻的文字之所以不能成为文学即因其是纯客观的描写，文字里面没有作者的人格。所谓“创造的想象”者，就是把文学的材料经过作者自己灵魂的一番渗滤的功用。因为文学里有这想象的成分，所以文学才有主观性、高超性。但是这想象可以做到一个什么程度，这是一个问题。

培根在他的《学问的进步》一书里说：“诗是杜撰的历史。”他的意思是说，诗是想象的记述，不像历史那样忠实地记载事实，但是“杜撰”这个名词（培根的原文是feign）

是容易启人的误解。诗，一切文学，是真实的，并且比世界上发生的零零碎碎的事实还要真实得多。文学是较高的真实之实际的写照。文学不含有丝毫虚伪的性质。亚里士多德说："诗比历史为更哲学的、更高超的一件东西：因为诗所欲表现的乃是普遍的，而历史则为特殊的。"（见《诗学》第九章）由亚里士多德看来，诗不是假历史，而是比历史更真实的记述，因为普遍的质素永远是比特殊的为经久不变。然而诗人怎样才能于森罗万象的宇宙、人生中体会到这个普遍的精髓，这就有赖于想象。并且这想象还必须是纪律的、有标准的、有节制的，然后才能作为文学创造的正当工具。想象就像是一对翅膀，它能鼓动生风，扶抟直上，能把你带到你的目的地去，也能把你带到荒山大泽、穷乡僻壤或是九霄云外的玉宇琼楼。文学不是无目的的荡游，是有目的的创造，所以这文学的工具——想象，也就不能不有一个剪裁、节制、纪律。节制想象者，厥为理性。

文学发于人性，基于人性，亦止于人性。人性是很复杂的（谁能说清楚人性包括的是几样成分？），唯因其复杂，所以才是有条理可说，情感想象都要向理性低首。在理性指导下的人生是健康的、常态的、普遍的，在这种状态下所表现出的人性亦是最标准的，在这标准之下所创作出来的文学才是有永久价值的文学。所以在想象里，也隐隐然有一个纪律，其质地必须是伦理的、常态的、普遍的。亚里士多德所谓的“或能律”（theory of probability）亦即是使想象（亚里士多德所谓“幻想”者即吾人所谓“想象”）就人性的范围的一个原则。想象是由平凡走到深奥的一条桥梁，不是由常态走到变态的一个栈道。

有人驳难我说：

……所谓“固定的、普遍的、常态的人性”这个标准，根本就办不到。即使宇宙到消灭的那一天，也绝不会有什么“一个万古不变的、普遍的、常态的、可以通用古今中外一切的人类社会的人性”这回事。人性终究是多方面的，或许有变迁的，不普遍的。古今文学作品中表现这种人性的很不少，如莎士比亚戏剧中之Hamlet，Macbeth，Othello都是，关于这些，难道文艺批评家就可以置之不理吗？

我所谓“文学需要表现常态的人性”，并不是说文学里绝对不可把变态的人物作题材。最变态的性格，我们可以用最常态的态度去处理。文学里很重要的是作者的态度。上面引的莎士比亚戏中的几个人物，假定都是变态性格的好例，其所以能发生文学价值者，不是因为里面引用了变态的性格，而正是因为作者施用了常态的处置，——使变态者永占在一个变态者的地位。其实还有比莎士比亚戏剧更好的例，例如希腊的悲剧，——里面有母子媾婚、父被子弑种种骇人听闻的勾当。从表面观察，这似乎是与亚里士多德《诗学》所定的原则相反，其实不然。意大利文艺复兴期的批评家罗伯台利（Robertelli）在评释亚里士多德《诗学》的时候首先提起了这一点似是而非的驳难。他说诗人有两种，一种诗人的创造是按照自然的，一种是超越自然的；在后者的状况之下，诗人以处置吾人已知的事物之法律处置吾人所不知的事物（参看斯宾冈《文艺复兴期之文学批评》卷一论“模仿”一段）。所以由他看来，希腊悲剧中种种荒诞不经、不合人性的题材，正好在“或能律”之下，丝毫不妨碍作者伦理的态度。古典的批评家并不限制作品的题材，他要追问的是作者的态度和作品的质地。诗人可以想象最可怕、最反常的罪恶，并且引作题材，但是他能不自己卷入这罪恶的漩涡，保持一个冷静的态度。莎福克里斯是最古典的悲剧诗人，他却写下最诡怪的阿儿的婆斯，关于这一点，阿伯克龙比教授解释得好：

> 浪漫主义鼎盛的地方，乱伦的案件最容易发生：这是一个浪漫的题材，即因热烈的、不合于惯例的礼法。不过这话反转来说就不见得准确：乱伦不一定浪漫。莎福克里斯便是好例，阿儿的婆斯皇帝是乱伦的最好的例。但在另一较高的意义之下，实是最古典的，即使乱伦是这篇莎福克里斯悲剧的主要点（当然不是的），莎福克里斯的艺术仍不失其为健全：他所想象的乱伦并不曾加以感情的渲染……（《浪漫主义论》第一六九页）

五

文学的态度之严重，情感想象的理性的制裁，这全是文学最根本的纪律，而这种纪律又全是在精神一方面的。但是形式与内质是不能分开的。能有守纪律的精神，文学的形式方面也自然有相当的顾虑。进一步说，有纪律的形式，正是守纪律的精神之最具体的表现。所谓文学革命者，往往着力在打破文学的形式，以为文学的形式是创作的桎梏，是天才的束缚，应该一齐打破。其实文学的形式如有趋于单调呆滞的倾向，正不妨加以变换，不能因某一种形式之不合用，遂遽谓文学可以不要形式。形式是一个限制，唯以其能限制，所以在限制之内才有自由可言。形式的意义，不在于一首诗要写作多少行、每行若干字，平仄韵律，等等，这全是末节，可以遵守也可以不遵守；其真正之意义乃在于使文学的思想，挟着强烈的情感、丰富的想象，使其注入一个严谨的模型，使其成为一有生机的整体。亚里士多德论悲剧，说悲剧必须有起有讫有中部，实在是说一切的文学都要有完整的形式。近代的文学常常以断片为时髦（vogue of the fragmentary），正和这形式完整的原则相反。

文学的形式是说文学的内质表示出来有没有一个范围的意思。至于字句的琢饰、语调的整肃、段落的均匀，倒都不是重要的问题。所以讲起形式来，我们注意的是在单一，是在免除枝节，是在完整，是在免除冗繁。

《红楼梦》第四十八回叙香菱学诗，黛玉的一段议论很有意思：

黛玉道："什么难事，也值得去学？不过是起承转合：当中承转，是两副对子，平声的对仄声，虚的对实的，实的对虚的，若是果有了奇句，连平仄虚实不对，都使得的。"香菱笑道："怪道我常弄本旧诗，偷空儿看一两首，也有对得极工的，也有不对的；又听说'一三五不论，二四六分明'，看古人的诗上，亦有顺的，亦有二四六上错了的，所以天天疑惑。如今听你一说，原来这些规矩，竟是没事的，只要词句新奇为上。"黛玉道："正是这个道理，词句究竟还是末事，第一是立意要紧。若意趣真了，连词句不用修饰，自是好的，这叫作不以词害意。"……

我所谓形式，是指"意"的形式，不是指"词"的形式。所以我们正可在词的形式方面要求尽量的自由，而在意的方面却仍须严守纪律，使成为一有限制的整体。我们固然不该以词害意，然而就大体讲，词并不能害意。譬如说，一种严格的诗的体裁，无论其为律体，或十四行诗体，绝不会有束缚天才的能力。体裁繁复，在技术上也许是困难的，但唯天才乃能战胜困难。体裁固定，在表现上也许不能十分自然，但文学表现本是艺术的而不是自然的。文学的物质方面的形式像是一只新鞋，初穿上去难免有一点拘束，日久也就舒适。

六

临了我再重说，文学的纪律是内在的节制，并不是外来的权威。文学之所以重纪律，为的是要求文学的健康。我引柏拉图的一段对话作本文的煞尾[①]：

> 苏格拉底：艺术家布置各物，使有秩序，使每一部分和其余各部谐和，以便建设一个有规则的、有系统的整体；一切艺术家都是如此，前面提到的教师与医师，也是同样地给身体以秩序与规则，你不承认吗？
>
> 卡里克利斯：我承认。
>
> 苏格拉底：那么，有秩序与规则的家庭是好的，没有秩序是坏的？
>
> 卡：是的。
>
> 苏：船也是如此？

① 意为结尾。

卡：是。

苏：人的身体也是一样？

卡：是。

苏：人的心灵呢？善的心灵是没有秩序的呢，还是有秩序与和谐的呢？

卡：已经讲过当然是有秩序的好。

苏：身体的秩序与谐和所发生的效果，叫作什么？

卡：你是否指康健与力量而言？

苏：是的。心灵的秩序与谐和所发生的效果，叫作什么呢？

卡：你为何不自己说呢，苏格拉底？

苏：我可以说，你若以为不对，你可以驳我。身体有合规则的秩序，叫作“健康的”，由此产生健康以及其他身体上的优点，是不是？

卡：不错。

苏：心灵的合规则的秩序与活动便叫作“纪律的”与“纪律”，便是使人们守纪律、守秩序的主因；——因此我们才能有节制和正义，是不是？

卡：我承认的。

（*Gorgias*，B.Jowett译本）

作文的三个阶段

我们初学为文，一看题目，便觉一片空虚，搔首踟蹰，不知如何落笔。无论是以“人生于世……”来开始，或以“时代的巨轮……”来开始，都感觉得文思枯涩难以为继，即或搜索枯肠，敷演成篇，自己也觉得内容贫乏索然寡味。胡适之先生告诉过我们：“有什么话，说什么话；话怎么说，就怎么说。”我们心中不免暗忖：本来无话可说，要我说些什么？有人认为这是腹笥太俭之过，疗治之方是多读书。“读万卷书，行万里路”，固然可以充实学问增广见闻，主要的还是有赖于思想的启发，否则纵然腹笥便便，搜章摘句，也不过是饾饤之学，不见得就能作到“文如春华，思若涌泉”的地步。想象不充、联想不快、分析不精、辞藻不富，这是造成文思不畅的主要原因。

渡过枯涩的阶段，便又是一种境界。提起笔来，有个我在，“纵横自有凌云笔，俯仰随人亦可怜。”对于什么都有意见，而且触类旁通、波澜壮阔，有时一事未竟而枝节横生，有时逸出题外而莫知所届，有时旁征博引而轻重倒置，有时作翻案文章，有时竟至“骂题”，洋洋洒洒，拉拉杂杂，往好听里说是班固所谓的“下笔不能自休”。也许有人喜欢这种“长江大河一泻千里”式的文章，觉得里面有一股豪放恣肆的气魄。不过就作文的艺术而论，似乎尚大有改进的余地。

作文知道割爱，才是进入第三个阶段的征象。须知敝帚究竟不值珍视。不成熟的思想，不稳妥的意见，不切题的材料，不扼要的描写，不恰当的词字，统统要大刀阔斧地加以削删。芟除枝蔓之后，才能显着整洁而有精神，清楚而有姿态，简单而有力量。所谓“绚烂之极趋于平淡”，就是这种境界。

文章的好坏，与长短无关。文章要讲究气势的宽阔、意思的深入，长短并无关系。长短要求其适度，性质需要长篇大论者不宜过于简略，性质需要简单明了者不宜过于累赘，如是而已。所以文章之过长过短，不以字数计，应以其内容之需要为准。常听见人说，近代人的生活忙碌，时间特别宝贵，对于文学作品都喜欢短篇小说、独幕剧之类，也许有人是这样的。不过我们都知道，长篇小说还是有更多的人看的，多幕剧也有更多的观众。人很少忙得不能欣赏长篇作品，倒是冗长无谓的文字，哪怕只是一两页，恹恹无生气，也令人难以卒读。

文章的好坏与写作的快慢无关。顷刻之间成数千言，未必斐然可诵，吟得一个字拈断数根须，亦未必字字珠玑。我们欣赏的是成品，不是过程。袁虎倚马草露布，“手不辍笔，俄得七纸”，固然资为美谈，究非常人轨范。文不加点的人，也许是早有腹稿。我们为文还是应该刻意求工、千锤百炼，虽不必“掷地作金石声”，总要尽力洗除一切肤泛猥杂的毛病。

文章的好坏与年龄无关。姜愈老愈辣，但“辣手做文章”的人并不一定即是耆耇。头脑的成熟，艺术的造诣，与年龄时常不成正比。不过就一个人的发展过程而言，总要经过上面所说的三个阶段。

少说废话

常有客过访，我打开门，他第一句话便是："您没有出门？"我当然没有出门，如果出门，现在如何能为你启门？那岂非是活见鬼？他说这句话也不是表讶异。人在家中乃寻常事，何惊诧之有？如果他预料我不在家才来造访，则事必有因，发现我竟在家，更应该不露声色，我想他说这句话，只是脱口而出，没有经过大脑，犹如两人见面不免说一句"今天天气……"之类的话，聊胜于两个人都绷着脸一声不吭而已。没有多少意义的话就是废话。

人不能不说话，不过废话可以少说一点。十一世纪时罗马天主教会在法国有一派僧侣，专主苦修冥想，是圣·伯鲁诺所创立，名为Carthusians，盖因地而得名，他的基本修行方法是不说话，一年到头地不说话。每年只有到了将近年终的时候，特准交谈一段时间，结束的时刻一到，尽管一句话尚未说完，大家立刻闭起嘴巴。明年开禁的时候，两人谈话的第一句往往是“我们上次谈到……”一年说一次话，其间准备的时光不少，废话一定不多。

梁武帝时，达摩大师在嵩山少林寺，终日面壁，九年之久，当然也不会随便开口说话，这种苦修的功夫实在难能可贵。明莲池大师的《竹窗随笔》有云：“世间酽醯醇醴，藏之弥久而弥美者，皆繇封锢牢密不泄气故。古人云：‘二十年不开口说话，向后佛也奈何你不得。’旨哉言乎！”一说话就怕要泄气，可是这一口气憋二十年不泄，真也不易。监狱里的重犯，常被判处独居一室，使无说话机会，是一种惩罚。畜生没有语言文字，但是也会发出不同的鸣声表示不同的情意。人而不让他说话，到了寂寞难堪的时候真想自言自语，甚至说几句废话也是好的。

可是有说话自由的时候，还是少说废话为宜。“群居终日，言不及义，难矣哉！”那便是废话太多的意思。现代的人好像喜欢开会，一开会就不免有人“致词”，而致词者常常是长篇大论，直说得口燥舌干，也不管听者是否恹恹欲睡欠伸连连。《孔子家语》：“庙堂右阶之前，有金人焉，三缄其口，而铭其背曰：‘古之慎言人也。’”能慎言，当然于慎言之外不会多说废话。三缄其口只是象征，若是真的三缄其口，怎么吃饭?

串门子闲聊天，已不是现代社会所允许的事，因为大家都忙，实在无暇闲磕牙。不过也有在闲聊的场合而还侈谈本行的正经事者，这种人也讨厌。最可怕的是不经预先约定而闯上门来的长舌妇或长舌男，他们可以把人家的私事当作座谈的资料。某人资产若干，月入多少，某人芳龄几何，美容几次，某人帷薄不修，某人似有外遇……说得津津有味，实则有伤口业的废话而已。

行文也最忌废话。《朱子语类》里有两段文字：

欧公文，亦多是修改到妙处。顷有人买得他醉翁亭记稿。初说滁州四面有山，凡数十字，末后改定，只曰‘环滁皆山也’五字而已。如寻常不经思虑，信意所作言语，亦有绝不成文理者，不知如何。

南丰过荆襄，后山携所作以谒之。南丰一见爱之，因留款语，适欲作一文字，事多，因托后山为之，且授以意。后山文思亦涩，穷日之力方成，仅数百言，明日以呈南丰。南丰云：‘大略也好，只是冗字多，不知可分略删动否？’后山因请改窜。但见南丰就坐，取笔抹数处，每抹处连一两行，便以授后山，凡削去一二百字。后山读之，则其意尤完，因叹服，遂以为法，所以后山文字简洁如此。

前一段说的是欧阳修的《醉翁亭记》。开端第一句“环滁皆山也”，不说废话，开门见山，是从数十字中删汰而来。后一段记的是陈后山为文数百言，由曾巩削去一二百个冗字，而文意更为完整无瑕。凡为文者皆须知道文字需要锻炼，简言之，就是少说废话。

老舍

关于文学的语言问题

我想谈一谈文学语言的问题。

我觉得在我们的文学创作上相当普遍地存着一个缺点，就是语言不很好。

语言是文学创作的工具，我们应该掌握这个工具。我并不是技术主义者，主张只要语言写好，一切就都不成问题了。要是那么把语言孤立起来看，我们的作品岂不都变成八股文了么？过去的学究们写八股文就是只求文字好，而不大关心别的。我们不是那样。我是说：我们既然搞写作，就必须掌握语言技巧。这并非偏重，而是应当的。一个画家而不会用颜色，一个木匠而不会用刨子，都是不可想象的。

我们看一部小说、一个剧本或一部电影片子，我们是把它的语言好坏，算在整个作品的评价中的。就整个作品来讲，它应该有好的，而不是有坏的语言。语言不好，就妨碍了读者接受这个作品。读者会说：啰里啰唆的，说些什么呀？这就减少了作品的感染力，作品就吃了亏！

在世界文学名著中，也有语言不大好的，但是不多。一般地来说，我们总是一提到作品，也就想到它的美丽的语言。我们几乎没法子赞美杜甫与莎士比亚而不引用他们的原文为证。所以，语言是我们作品好坏的一个部分，而且是一个重要部分。我们有责任把语言写好！

我们的最好的思想，最深厚的感情，只能被最美妙的语言表达出来。若是表达不出，谁能知道那思想与感情怎样的好呢？这是无可分离的、统一的东西。

要把语言写好，不只是“说什么”的问题，而也是“怎么说”的问题。创作是个人的工作，“怎么说”就表现了个人的风格与语言创造力。我这么说，说得与众不同，特别好，就表现了我的独特风格与语言创造力。艺术作品都是这样。十个画家给我画像，画出来的都是我，但又各有不同。每一个里都有画家自己的风格与创造。他们各个人从各个不同的风格与创造把我表现出来。写文章也如此，尽管是写同一题材，可也十个人写十个样。从语言上，我们可以看出来作家们的不同的性格，一看就知道是谁写的。莎士比亚是莎士比亚，但丁是但丁。文学作品不能用机器制造，每篇都一样，尺寸相同。翻开《红楼梦》看看，那绝对是《红楼梦》，绝对不能和《儒林外史》调换调换。不像我们，大家的写法都差不多，看来都像报纸上的通讯报道。甚至于写一篇讲演稿子，也不说自己的话，看不出是谁说的。看看爱伦堡的政论是有好处的。他谈论政治问题，还保持着他的独特风格，教人一看就看出那是一位文学家的手笔。他谈什么都有他独特的风格，不“人云亦云”，正像我们所说：“文如其人。”

不幸，有的人写了一辈子东西，而始终没有自己的风格。这就吃了亏。也许他写的事情很重要，但是因为语言不好，没有风格，大家不喜欢看；或者当时大家看他的东西，而不久便被忘掉，不能为文学事业积累财富。传之久远的作品，一方面是因为它有好的思想内容，一方面也因为它有好的风格和语言。

这么说，是不是我们都须标奇立异，放下现成的语言不用，而专找些奇怪的，以便显出自己的风格呢？不是的！我们的本领就在用现成的、普通的语言，写出风格来。不是标奇立异，写得使人不懂。“啊，这文章写得深，没人能懂！”并不是称赞！没人能懂有什么好处呢？那难道不是糊涂文章么？有人把“白日依山尽……更上一层楼”改成“……更上一层板”，因为楼必有楼板。大家都说“楼”，这位先生非说“板”不可，难道就算独特的风格么？

同是用普通的语言，怎么有人写得好，有人写得坏呢？这是因为有的人的普通言语不是泛泛地写出来的，而是用很深的思想、感情写出来的，是从心里掏出来的，所以就写得好。别人说不出，他说出来了，这就显出他的本领。为什么好文章不能改，只改几个字就不像样子了呢？就是因为它是那么有骨有肉，思想、感情、文字三者全分不开，结成了有机的整体；动哪里，哪里就会受伤。所以说，好文章不能增减一字。特别是诗，必须照原样念出来，不能略述大意，（若说：那首诗好极了，说的是木兰从军，原句子我可忘了！这便等于废话！）也不能把“楼”改成“板”。好的散文也是如此。

运用语言不单纯地是语言问题。你要描写一个好人，就须热爱他，钻到他心里去，和他同感受，同呼吸，然后你就能够替他说话了。这样写出的语言，才能是真实的，生动的。普通的话，在适当的时间、地点、情景中说出来，就能变成有文艺性的话了。不要只在语言上打圈子，而忘了与语言血肉相关的东西——生活。字典上有一切的字。但是，只抱着一本字典是写不出东西来的。

我劝大家写东西不要贪多。大家写东西往往喜贪长，没经过很好的思索，没有对人与事发生感情就去写，结果写得又臭又长，自己还觉得挺美——“我又写了八万字！”八万字又怎么样呢？假若都是废话，还远不如写八百个有用的字好。好多古诗，都是十几二十个字，而流传到现在，那不比八万字好么？世界上最好的文字，就是最亲切的文字。所谓亲切，就是普通的话，大家这么说，我也这么说，不是用了一大车大家不了解的词汇字汇。世界上最好的文字，也是最精练的文字，哪怕只几个字，别人可是说不出来。简单、经济、亲切的文字，才是有生命的文字。

下面我谈一些办法，是针对青年同志最爱犯的毛病说的。

第一，写东西，要一句是一句。这个问题看来是很幼稚的，怎么会一句不是一句呢？我们现在写文章，往往一直写下去，半篇还没一个句点。这样一直写下去，连作者自己也不知道写到哪里去了，结果一定是糊涂文章。要先想好了句子，看站得稳否，一句站住了再往下写第二句。必须一句是一句，结结实实的，不摇摇摆摆。我自己写文章，总希望七八个字一句，或十个字一句，不要太长的句子。每写一句时，我都想好了，这一句到底说明什么，表现什么感情，我希望每一句话都站得住。当我写了一个较长的句子，我就想法子把它分成几段，断开了就好念了，别人愿意念下去；断开了也好听了，别人也容易懂。读者是很厉害的，你稍微写得难懂，他就不答应你。

同时，一句与一句之间的联系应该是逻辑的、有机的联系，就跟咱们周身的血脉一样，是一贯相通的。我们有些人写东西，不大注意这一点。一句一句不清楚，不知道说到哪里去了，句与句之间没有逻辑的联系，上下不相照应。读者的心里是这样的，你上一句用了这么一个字，他就希望你下一句说什么。例如你说“今天天阴了”，大家看了，就希望你顺着阴天往下说。你的下句要是说“大家都高兴极了”，这就联不上。阴天了还高兴什么呢？你要说“今天阴天了，我心里更难过了。”这就联上了。大家都喜欢晴天，阴天当然就容易不高兴。当然，农民需要雨的时候一定喜欢阴天。我们写文章要一句是一句，上下联贯，切不可错用一个字。每逢用一个字，你就要考虑到它会起什么作用，人家会往哪里想。写文章的难处，就在这里。

我的文章写得那样白，那样俗，好像毫不费力。实际上，那不定改了多少遍！有时候一千多字要写两三天。看有些青年同志们写的东西，往往吓我一跳。他下笔万言，一笔到底，很少句点，不知道到哪里才算完，看起来让人喘不过气来。

第二，写东西时，用字、造句必须先要求清楚明白。用字造句不清楚、不明白、不正确的例子是很多的。例如“那个长像驴脸的人”，这个句子就不清楚、不明确。这是说那个人的整个身子长得像驴脸呢，还是怎么的？难道那个人没胳膊没腿，全身长得像一张驴脸吗，要是这样，怎么还像人呢？当然，本意是说：那个人的脸长得像驴脸。

所以我的意见是：要老老实实先把话写清楚了，然后再求生动。要少用修辞，非到不用不可的时候才用。在一篇文章里你用了一个“伟大的”，如“伟大的毛主席”，就对了；要是这个也伟大，那个也伟大，那就没有力量，不发生作用了。乱用比喻，那个人的耳朵像什么，眼睛像什么……就使文章单调无力。要知道：不用任何形容，只是清清楚楚写下来的文章，而且写得好，就是最大的本事，真正的功夫。如果你真正明白了你所要写的东西，你就可以不用那些无聊的修辞与形容，而能直截了当、开门见山地写出来。我们拿几句古诗来看看吧。像王维的“隔牖风惊竹”吧，就是说早上起来，听到窗子外面竹子响了。听到竹子响后，当然要打开门看看，嗐！这一看，下一句就惊人了，“开门雪满山”！这没有任何形容，就那么直接说出来了。没有形容雪，可使我们看到了雪的全景。若是写他打开门就“哟！伟大的雪呀！”“多白的雪呀！”便不会惊人。我们再看看韩愈写雪的诗吧。他是一个大文学家，但是他写雪就没有王维写得有气魄。他这么写："随车翻缟带，逐马散银杯。"他是说车子在雪地里走，雪随着车轮的转动翻起两条白带子；马蹄踏到雪上，留了一个一个的银杯子。这是很用心写的，用心形容的。但是形容得好不好呢？不好！王维是一语把整个的自然景象都写出来，成为名句。而韩愈的这一联，只是琐碎的刻画，没有多少诗意。再如我们常念的诗句"山雨欲来风满楼"，这么说就够了，用不着什么形容。像"满城风雨近重阳"这一句诗，是抄着总根来的，没有枝节琐碎的形容，而把整个"重阳"季节的形色都写了出来。所以我以为：在你写东西的时候，要要求清楚，少用那些乱七八糟的修辞。你要是真看明白了一件事，你就能一针见血地把它写出来，写得简练有力！

我还有个意见：就是要少用"然而""所以""但是"，不要老用这些字转来转去。你要是一会儿"然而"，一会儿"但是"，一会儿"所以"，老那么绕弯子，不但减弱了文章的力量，读者还要问你："你到底要怎么样？你能不能直截了当地说话？！"不是有这样一个故事吗？我们的大文学家王勃写了两句最得意的话："落霞与孤鹜齐飞，秋水共长天一色。”传说，后来他在水里淹死了，死后还不忘这两句，天天在水上闹鬼，反复念着这两句。后来有一个人由此经过，听见了就说：“你这两句话还不算太好。要把‘与’字和‘共’字删去，改成‘落霞孤鹜齐飞，秋水长天一色’，不是更挺拔更好吗？”据说，从此就不闹鬼了。这把鬼说服了。所以文章里的虚字，只要能去的尽量把它去了，要不然死后想闹鬼也闹不成，总有人会指出你的毛病来的。

第三，我们应向人民学习。人民的语言是那样简练、干脆。我们写东西呢，仿佛总是要表现自己：我是知识分子呀，必得用点不常用的修辞，让人吓一跳啊。所以人家说我们写的是学生腔。我劝大家有空的时候找几首古诗念念，学习他们那种简练清楚，很有好处。你别看一首诗只有几句，甚至只有十几个字，说不定作者想了多少天才写成那么一首。我写文章总是改了又改，只要写出一句话不现成，不响亮，不像口头说的那样，我就换一句更明白、更俗的、务期接近人民口语中的话。所以在我的文章中，很少看到“愤怒的葡萄”“原野”“熊熊的火光”……这类的东西。而且我还不是仅就着字面改，像把“土”字换成“地”字，把“母亲”改成“娘”，而是要从整个的句子和句与句之间总的意思上来考虑。所以我写一句话要想半天。比方写一个长辈看到自己的一个晚辈有出息，当了干部回家来了，他拍着晚辈的肩说：“小伙子，“搞”得不错呀！”这地方我就用“搞”，若不相信，你试用“做”，用“干”，准保没有用“搞”字恰当、亲切。假如是一个长辈夸奖他的侄子说：“这小伙子，做事认真。”在这里我就用“做”字，你总不能说，“这小伙子，“搞”事认真。”要是看见一个小伙子在那里劳动得非常卖力气，我就写：“这小伙子，真认真干。”这就用上了“干”字。像这三个字：“搞”“干”“做”都是现成的，并不谁比谁更通俗，只看你把它搁在哪里最恰当、最合适就是了。

第四，我写文章，不仅要考虑每一个字的意义，还要考虑到每个字的声音。不仅写文章是这样，写报告也是这样。我总希望我的报告可以一字不改地拿来念，大家都能听得明白。虽然我的报告作得不好，但是念起来很好听，句子现成。比方我的报告当中，上句末一个字用了一个仄声字，如“他去了”。下句我就要用个平声字。如“你也去吗？”让句子念起来叮当地响。好文章让人家愿意念，也愿意听。

好文章不仅让人愿意念，还要让人念了觉得口腔是舒服的。随便你拿李白或杜甫的诗来念，你都会觉得口腔是舒服的，因为在用哪一个字时，他们便抓住了那个字的声音之美。以杜甫的“烽火连三月，家书抵万金”来说吧，“连三”两字，舌头不用更换位置就念下去了，很舒服。在“家书抵万金”里，假如你把“抵”字换成“值”字，那就别扭了。字有平仄——也许将来没有了，但那是将来的事，我们是谈现在。像北京话，现在至少有四声，这就有关于我们的语言之美。为什么不该把平仄调配得好一些呢？当然，散文不是诗，但是要能写得让人听、念、看都舒服，不更好吗？有些同志不注意这些，以为既是白话文，一写就是好几万字，用不着细细推敲，他们吃亏也就在这里。

第五，我们写话剧、写电影的同志，要注意这个问题：我们写的语言，往往是干巴巴地交代问题。譬如：唯恐台下听不懂，上句是“你走吗？”下句一定是“我走啦！”既然是为交代问题，就可以不用真感情，不用最美的语言。所以我很怕听电影上的对话，不现成，不美。

我们写文章，应当连一个标点也不放松。文学家嘛，写文艺作品怎么能把标点搞错了呢？所以写东西不容易，不是马马虎虎就能写出来的。所以我们写东西第一要要求能念。我写完了，总是先自己念念看，然后再念给朋友听。文章要完全用口语，是不易做到的，但要努力接近口语化。

第六，中国的语言是最简练的语言。你看我们的诗吧，就用四言、五言、七言，最长的是九言。当然我说的是老诗，新诗不同一些。但是哪怕是新诗，大概一百二十个字一行也不行。为什么中国古诗只发展到九个字一句呢？这就是我们文字的本质决定下来的。我们应该明白我们语言文字的本质。要真掌握了它，我们说话就不会绕弯子了。我们现在似乎爱说绕弯子的话，如“对他这种说法，我不同意！”为什么不说：“我不同意他的话”呢？为什么要白添那么些字？又如“他所说的，那是废话。”咱们一般地都说：“他说的是废话。”为什么不这样说呢？到底是哪一种说法有劲呢？

这种绕弯子说话，当然是受了五四以来欧化语法的影响。弄得好嘛，当然可以。像说理的文章，往往是要改换一下中国语法。至于一般的话语为什么不按我们自己的习惯说呢？

第七，说到这里，我就要讲到一个很重要的问题，就是深入浅出的问题。提到深入，我们总以为要用深奥的、不好懂的语言才能说出很深的道理。其实，文艺工作者的本事就是用浅显的话，说出很深的道理来。这就得想办法。必定把一个问题想得透彻了，然后才能用普通的、浅显的话说出很深的道理。我们开国时，毛主席说："中国人民站起来了。"中国经过了多少年艰苦的革命过程，现在人民才真正当家做主。这一句说出了真理，而且说得那么简单、明了、深入浅出。

第八，我们要说明一下，口语不是照抄的，而是从生活中提炼出来的。举一个例子，唐诗有这么两句："大漠孤烟直，长河落日圆。"这都没有一个生字。可是仔细一想，真了不起，它把大沙漠上的景致真实地、概括地写出来了。沙漠上的空气干燥，气压高，所以烟一直往上升。住的人家少，所以是孤烟。大河上，落日显得特别大，特别圆。作者用极简单的、现成的语言，把沙漠全景都表现出来了。没有看过大沙漠，没有观察力的人，是写不出来的。语言就是这样提炼的。有的人到工厂，每天拿个小本记工人的语言，这是很笨的办法。照抄别人的语言是笨事，我们不要拼凑语言，而是从生活中提炼语言。

语言须配合内容：我们要描写一个个性强的人，就用强烈的文字写，不是写什么都是那一套，没有一点变化，也就不能感动人。《红楼梦》中写到什么情景就用什么文字。文字是工具，要它干什么就干什么，不能老是那一套。《水浒》中武松大闹鸳鸯楼那一场，都用很强烈的短句，使人感到那种英雄气概与敏捷的动作。要像画家那样，用暗淡的颜色表现阴暗的气氛，用鲜明的色彩表现明朗的景色。

其次，谈谈对话。对话很重要，是文学创作中最有艺术性的部分。对话不只是交代情节用的，而要看是什么人说的，为什么说的，在什么环境中说的，怎么说的。这样，对话才能表现人物的性格、思想、感情。想对话时要全面地、“立体”地去想，看见一个人在那儿斗争，就想这人该怎么说话。有时只说一个字就够了，有时要说一大段话。你要深入人物心中去，找到生活中必定如此说的那些话。沉默也有效果，有时比说话更有力量。譬如一个人在办公室接到电话，知道自己的小孩死了，当时是说不出话来的。又譬如一个人老远地回家，看到父亲死了，他只能喊出一声“爹”，就哭起来。他决不会说：“伟大的爸爸，你怎么今天死了！”没有人会这样说，通常是喊一声就哭，说多了就不对。无论写什么，没有彻底了解，就写不出。不同那人共同生活，共同哭笑，共同呼吸，就描写不好那个人。

我们常常谈到民族风格。我认为民族风格主要表现在语言上。除了语言，还有什么别的地方可以表现它呢？你说短文章是我们的民族风格吗？外国也有。你说长文章是我们民族风格吗？外国也有。主要是表现在语言上，外国人不说中国话。用我们自己的语言表现的东西有民族风格，一本中国书译成外文就变了样，只能把内容翻译出来，语言的神情很难全盘译出。民族风格主要表现在语言文字上，希望大家多用工夫学习语言文字。

第二部分：回答问题。

我不想用专家的身份回答问题，我不是语言学家。对我们语言发展上的很多问题，不是我能回答的。我只能以一个写过一点东西的人的资格来回答。

第一个问题：怎样从群众语言中提炼出文学语言？这我刚才已大致说过，学习群众的语言不是照抄，我们要根据创作中写什么人，写什么事，去运用从群众中学来的语言。一件事情也许普通人嘴里要说十句，我们要设法精简到三四句。这是作家应尽的责任，把语言精华拿出来。连造句也是一样，按一般人的习惯要二十个字，我们应设法用十个字就说明白。这是可能的。有时一个字两个字都能表达不少的意思。你得设法调动语言。你描述一个情节的发展，若是能够选用文字，比一般的话更简练、更生动，就是本事。有时候你用一个“看”字或“来”字就能省下一句话，那就比一般人嘴里的话精简多了。要调动你的语言，把一个字放在前边或放在后边，就可以省很多字。两句改成一长一短，又可以省很多字。要按照人物的性格，用很少的话把他的思想感情表达出来，而不要照抄群众语言。先要学习群众语言，掌握群众语言，然后创造性地运用它。

第二个问题：南方朋友提出，不会说北方话怎么办呢？这的确是个问题！有的南方人学了一点北方话就用上，什么都用“压根儿”，以为这就是北方话。这不行！还是要集中思考你所写的人物要干什么，说什么。从这一点出发，尽管语言不纯粹，仍可以写出相当清顺的文字。不要卖弄刚学会的几句北方话！有意卖弄，你的话会成为四不像了。如果顺着人物的思想感情写，即使语言不漂亮，也能把人物的心情写出来。

我看是这样，没有掌握北方话，可以一面揣摩人情事理，一面学话，这么学比死记词汇强。要从活人活事里学话，不要死背“压根儿”“真棒”……。南方人写北方话当然有困难，但这问题并非不能解决，否则沈雁冰先生、叶圣陶先生就写不出东西了。他们是南方人，但他们的语言不仅顺畅，而且有风格。

第三个问题：词汇贫乏怎么办？我希望大家多写短文，用最普通的文字写。是不是这样就会词汇贫乏，写不生动呢？这样写当然词汇用得少，但是还能写出好文章来。我在写作时，拼命想这个人物是怎么思想的，他有什么感情，他该说什么话。这样，我就可以少用词汇。我主要是表达思想感情，不孤立地贪图多用词汇。我们平时嘴里的词汇并不多，在“三反”“五反”时，斗争多么激烈，谁也没顾得去找词汇，可是斗争仍是那么激烈。可见人人都会说话，都想一句话把对方说低了头。这些话未见得会有丰富的词汇，但是能深刻地表达思想感情。

我写东西总是尽量少用字，不乱形容，不乱用修辞，从现成话里掏东西。一般人的社会接触面小，词汇当然贫乏。我觉得很奇怪，许多写作者连普通花名都不知道，都不注意，这就损失了很多词汇。我们的生活若是局限于小圈子里，对生活的各方面不感趣味，当然词汇少。作家若以为音乐、图画、雕塑、养花等等与自己无关，是不对的。对什么都不感兴趣，哪里来的词汇？你接触了画家，他就会告诉你很多东西，那就丰富了词汇。我不懂音乐，我就只好不说；对养花、鸟、鱼，我感觉兴趣，就多得了一些词汇。丰富生活，就能丰富词汇。这需要慢慢积蓄。你接触到一些京戏演员，就多听到一些行话，如“马前”“马后”等。这不一定马上有用，可是当你写一篇文章，形容到一个演员的时候，就用上了。每一行业的行话都有很好的东西，我们接触多了就会知道。不管什么时候用，总得预备下，像百货公司一样，什么东西都预备下，从留声机到钢笔头。我们的毛病就是整天在图书馆中抱着书本。要对生活各方面都有兴趣；买一盆花，和卖花的人聊聊，就会得到许多好处。

第四个问题：地方土语如何运用？

语言发展的趋势总是日渐统一的。现在的广播、教科书都以普通话为主。但这里有一个矛盾，即“一般化的语言”不那么生动，比较死板。所以，有生动的方言，也可以用。如果怕读者不懂，可以加一个注解。我同情广东、福建朋友，他们说普通话是有困难，但大势所趋，没有办法，只好学习。方言中名词不同，还不要紧，北京叫白薯，山东叫地瓜，四川叫红苕，没什么关系；现在可以互注一下，以后总会有个标准名词。动词就难了，地方话和北方话相差很多，动词又很重要，只好用“一般语”，不用地方话了。形容词也好办，北方形容浅绿色说“绿阴阴”的，也许广东人另有说法，不过反正有一个“绿”字，读者大致会猜到。主要在动词，动词不明白，行动就都乱了。我在一本小说中写一个人“从凳子上‘出溜’下去了”，意思是这人突然病了，从凳上滑了下去，一位广东读者来信问：“这人溜出去了，怎么还在屋子里？”我现在逐渐少用北京土语，偶尔用一个也加上注解。这问题牵涉文字的改革，我就不多谈了。

第五个问题：写对话用口语还容易，描写时用口语就困难了。

我想情况是这样，对话用口语，因为没有办法不用。但描写时也可以试一试用口语，下笔以前先出声地念一念再写。比如描写一个人“身量很高，脸红扑扑的”，还是可以用口语的。别认为描写必须另用一套文字，可以试试嘴里怎么说就怎么写。

第六个问题：五四运动以后的作品——包括许多有名作家的作品在内——一般工农看不懂、不习惯，这问题怎么看?

我觉得五四运动在语言问题上是有偏差的。那时有些人以为中国语言不够细致。他们都会一种或几种外国语；念惯了西洋书，爱慕外国语言，有些瞧不起中国话，认为中国话简陋。其实中国话是世界上最进步的。很明显，有些外国话中的“桌子椅子”还有阴性、阳性之别，这没什么道理。中国话就没有这些啰哩啰唆的东西。

但五四传统有它好的一面，它吸收了外国的语法，丰富了我们的语法，使语言结构上复杂一些，使说理的文字更精密一些。如今天的报纸的社论和一般的政治报告，就多少采用了这种语法。

我们写作，不能不用人民的语言。五四传统好的一面，在写理论文字时，可以采用。创作还是应该以老百姓的话为主。我们应该重视自己的语言，从人民口头中，学习简练、干净的语言，不应当多用欧化的语法。

有人说农民不懂五四以来的文学，这说法不一定正确。以前农民不认识字，怎么能懂呢？可是也有虽然识字而仍不懂，连今天的作品也还看不懂。从前中国作家协会开会请工人提意见，他们就提出某些作品的语言不好，看不懂，这是值得警惕的，这是由于我们还没有更好地学习人民的语言。

第七个问题：应当如何用文学语言影响和丰富人民语言？

我在三十年前也这样想过：要用我的语言来影响人民的语言，用白话文言夹七夹八地合在一起，可是问题并未解决。现在，我看还是老老实实让人民语言丰富我们的语言，先别贪图用自己的语言影响人民的语言吧。

第八个问题：如何用歇后语。

我看用得好就可以用。歇后语、俗语，都可以用，但用得太多就没意思。《春风吹到诺敏河》中，每人都说歇后语，好像一个村子都是歇后语专家，那就过火了。

原载一九五五年七月十五日《文艺月报》

谈叙述与描写

——对北京大学中文系学生的讲话摘要

写文章须善于叙述。不论文章大小，在动笔之前，须先决定给人家的总印象是什么。这就是说，一篇文章里以什么为主导，以便妥善安排。定好何者为主，何者为副，便不会东一句西一句，杂乱无章。比如以西山为题，即须先决定，是写西山的地质，还是植物，或是专写风景。写地质即以地质为主导，写植物即以植物为主导，在适当的地方，略道岩石或花木之美，但不使喧宾夺主。这样，既能给人家以清晰的印象，又能显出文笔，不至全篇干巴巴的。这样，也就容易安排资料和陈述的层次了。要不然，西山可写的东西很多，从何落笔呢?

若是写风景，则与前面所说的相反，应以写景为主，写出诗情画意，而不妨于适当的地方写点实物，如岩石与植物，以免过于空洞。

是的，写实物，即以实物为主，而略加抒情的描写，使文章生动空灵一些。写诗情画意呢，要略加实物，以期虚中有实。

作文章有如绘画，要先安排好，以什么为主体，以什么烘托，使它有实有虚，实而不板，虚而不空。叙述必先设计，而如何设计即看要给人家的主要印象是什么。

叙述一事一景，须知其全貌。心中无数，便写不下去。知其全貌，便写几句之后即能总结一下，使人极清楚地看到事物的本质。比如说我们叙述北京春天的大风，在写了几句如何刮法之后，便说出：北京的春风似乎不是把春天送来，而是狂暴地要把春天吹跑。这个小的总结便容易使人记住，知道了北京的春风的特点。这样的句子是知其全貌才能写出来的。若无此种的结论式的句子，则说得很多，而不着边际，使人厌烦。又比如：《赤壁赋》中的“山高月小，水落石出”这八个字，便是完整地画出一幅画来，有许多画家以此为题去作画。有了这八个字，我们便看到某一地方的全景，也正是因为作者对这一地方知其全貌。这才能给人以不可磨灭的印象。这才能够写得简练精彩。

“山高月小，水落石出”这八个字，连小学生也认识。可是，它们又是那么了不起的八个字。这是作者真认识了山川全貌的结果。我们在动笔之前，应当全盘想过，到底对我们所要写的知道多少，提得出提不出一些带总结性的句子来。若是知道的太少，心中无数，我们便叙述不好。叙述不是枝枝节节地随便说，而是把事物的本质说出来，使人得到确实的知识。

或问：叙述宜细，还是宜简？细写不算不对。但容易流于冗长。为矫此弊，细写须要拿得起，推得开。古人说，写文章要精骛八极，心游万仞。这是什么意思呢？就是作者观察事物，无微不入，而后在叙述的时候，又善于调配，使小事大事都能联系到一处，一笔写下狂风由沙漠而来，天昏地暗，一笔又写到连屋中熬着的豆汁也当中翻着白浪，而锅边上浮动着一圈黑沫。大开大合，大起大落，便不至于冗细拖拉。这就是说，叙述不怕细致，而怕不生动。在细致处，要显出才华。文笔如放风筝，要飞起来，不可爬伏在地上。要自己有想象，而且使读者的想象也活跃起来。

内容决定形式。但形式亦足左右内容。同一内容，用此形式去写就得此效果，用另一形式去写则效果即异。前几天，我写了一篇《敬悼郝寿臣老先生》短文。我所用的那点资料，和写郝老先生生平事迹的相同。可是，我是要写一篇悼文，所以我就通过群众的眼睛来看老先生的一生。这便亲切。从群众眼中看出他如何认真严肃地演剧，如何成名之后，还孜孜不息，排演新戏。这就写出了他是人民的演员。因为是写悼文，我就不必用写生平事迹所必用的某些资料，而选用了与群众有关的那一些。这就加强了悼文的效果。形式不同，资料的选取与安排便也不同，而效果亦异。

叙述与描写本不易分开。现在我把它们分开，为了说着方便。下面谈描写。

描写也首先决定于要求什么效果，是喜剧的，还是正面的？假若是要喜剧效果，就应放手描写，夸张一些。比如介绍老张，头一句就说老张的鼻子天下第一。若是正面描写，就不该用此法。我们往往描写得不生动，不明确，原因之一即由于事先没有决定要什么效果，所以选材不合适，安排欠妥当。描写的方法是依效果而定。决定要喜剧效果，则利用夸张等手法，取得此效果。反之，要介绍一位正面人物或严肃的事体，则须取严肃的描写方法。语言文字是要配合文章情调的，使人发笑或肃然起敬。

在一篇小说中，有不少的人，不少的事。都要先想好：哪个人滑稽，哪个人严肃，哪件事可笑，哪件事可悲，而后依此决定，进行描写。还要看主导是什么，是喜剧，则少写悲的；是悲剧，则少写喜的。

一篇作品中若有好几个人，描写他们的方法要各有不同，不要都先介绍履历，而后模样，而后衣冠。有的人可以先介绍模样，有的人可以先介绍他正在做些什么，把他的性格烘托出来——此法在剧本中更适用，在短篇小说中也常见，因为舞台上的人物一出来已打扮停妥，用不着描写，那么叫他先做点什么，便能显露他的性格；短篇小说篇幅有限，不能详细介绍衣冠相貌，那么，就先叫他做点事情，顺手儿简单地描写他的形象，有那么几句就差不多了。

练习描写人物，似应先用写小说的办法，音容衣帽与精神面貌可以双管齐下，都写下来。这么练习了之后，要再学习戏剧中的人物描写方法，即用动作、语言，表现出人物的特点与性格来。这比写小说中人物要难得多了。我们不妨这么练习：先把人物的内心与外貌都详细地写出来，像写小说那样；而后，再写一段对话，要凭着这段对话表现出人物的精神面貌来，像写剧本那样。这么练习，对写小说与剧本都有益处。

这也是知其全貌的办法。我们先知道了这个人的一生，而后在描写时，才能由小见大，用一句话或一个动作，表现出他的性格来。一个老实人，在划火柴点烟而没点燃的时节，便会说：“唉！真没用，连根烟也点不着！”一个性情暴躁的人呢，就不是这样，而也许高叫：“他妈的！”这样，知其全貌，我们就能用三言五语写出个人物来。

写景的方法很多，可以从古今的诗与散文中学习，描写人物较难，故不多谈写景。

描写人物要注意他的四围，把时间、地点等跟人物合在一处。要有人，还有画面。《水浒传》中的林冲去沽酒，既有人物，又有雪景，非常出色。武松打虎也有景阳冈作背景。《红楼梦》中的公子小姐们，连居住的地方，如潇湘馆等，都暗示出人物的性格。一切须为人物服务，使人物突出。

一篇小说中有好多人物，要分别主宾，有的细写，有的简写。虽然是简写，也要活生活现，这须用剧本中塑造人物的方法，三言五语就描画出个人物来。我们平时要经常仔细观察人，且不断地把他们记下来。

在描写时，不能不设喻。但设喻必须精到。不精到，不必设喻。要切忌泛泛的比喻。生活经验不丰富，知识不广博，不易写出精彩的比喻来。

以上所说的，都不大具体，因为要具体地说，就很难不讲些修辞学中的道理。而同学们的修辞学知识比我还更丰富，故无须我再说。我所说的这一些，也并不都正确，请批评指正！

怎样写小说

小说并没有一定的写法。我的话至多不过是供参考而已。

大多数的小说里都有一个故事，所以我们想要写小说，似乎也该先找个故事。找什么样子的故事呢？从我们读过的小说来看，什么故事都可以用。恋爱的故事、冒险的故事固然可以利用，就是说鬼说狐也可以。故事多得很，我们无须发愁。不过，在说鬼狐的故事里，自古至今都是把鬼狐处理得像活人；即使专以恐怖为目的，作者所想要恐吓的也还是人。假若有人写一本书，专说狐的生长与习惯，而与人无关，那便成为狐的研究报告，而成不了说狐的故事了。由此可见，小说是人类对自己的关心，是人类社会的自觉，是人类生活经验的纪录。那么，当我们选择故事的时候，就应当估计这故事在人生上有什么价值，有什么启示；也就很显然地应把说鬼说狐先放在一边——即使要利用鬼狐，发为寓言，也须晓得寓言与现实是很难得协调的，不如由正面去写人生才更恳切动人。

依着上述的原则去选择故事，我们应该选择复杂惊奇的故事呢，还是简单平凡的呢？据我看，应当先选取简单平凡的。故事简单，人物自然不会很多，把一两个人物写好，当然是比写二三十个人而没有一个成功的强多了。写一篇小说，假如写者不善描写风景，就满可以不写风景，不长于写对话，就满可以少写对话；可是人物是必不可缺少的，没有人便没有事，也就没有了小说。创造人物是小说家的第一项任务。把一件复杂热闹的事写得很清楚，而没有创造出人来，那至多也不过是一篇优秀的报告，并不能成为小说。因此，我说，应当先写简单的故事，好多注意到人物的创造。试看，世界上要属英国狄更司[①]的小说的穿插最复杂了吧，可是有谁读过之后能记得那些勾心斗角的故事呢？狄更司到今天还有很多的读者，还被推崇为伟大的作家，难道是因为他的故事复杂吗？不！他创造出许多的人哪！他的人物正如同

① 今译狄更斯。

我们的李逵、武松、黛玉、宝钗，都成为永远不朽的了。注意到人物的创造是件最上算的事。

为什么要选取平凡的故事呢？故事的惊奇是一种炫弄，往往使人专注意故事本身的刺激性，而忽略了故事与人生有关系。这样的故事在一时也许很好玩，可是过一会儿便索然无味了。试看，在英美一年要出多少本侦探小说，哪一本里没有个惊心动魄的故事呢？可是有几本这样的小说成为真正的文艺的作品呢？这种惊心动魄是大锣大鼓的刺激，而不是使人三月不知肉味的感动。小说是要感动，不要虚浮的刺激。因此，第一：故事的惊奇，不如人与事的亲切；第二：故事的出奇，不如有深长的意味。假若我们能由一件平凡的故事中，看出它特有的意义，则人同此心，心同此理，它便具有很大的感动力，能引起普遍的同情心。小说是对人生的解释，只有这解释才能使小说成为社会的指导者。也只有这解释才能把小说从低级趣味中解救出来。所谓《黑幕大观》一类的东西，其目的只在揭发丑恶，而并没有抓住丑恶的成因，虽能使读者快意一时，但未必不发生世事原来如此，大可一笑置之的犬儒态度。更要不得的是那类嫖经赌术的东西，作者只在嫖赌中有些经验，并没有从这些经验中去追求更深的意义，所以他们的文字只导淫劝赌，而绝对不会使人崇高。所以我说，我们应先选取平凡的故事，因为这足以使我们对事事注意，而养成对事事都探求其隐藏着的真理的习惯。有了这个习惯，我们既可以不愁没有东西好写，而且可以免除了低级趣味。客观事实只是事实，其本身并不就是小说，详密地观察了那些事实，而后加以主观地判断，才是我们对人生的解释，才是我们对社会的指导，才是小说。对复杂与惊奇的故事应取保留的态度，假若我们在复杂之中找不出必然的一贯的道理，于惊奇中找不出近情合理的解释，我们最好不要动手，因为一存以热闹惊奇见胜的心，我们的趣味便低级了。再说，就是老手名家也往往吃亏在故事的穿插太乱、人物太多；即使部分上有极成功的地方，可是全体的不匀调，顾此失彼，还是劳而无功。

在前面，我说写小说应先选择个故事。这也许小小的有点语病，因为在事实上，我们写小说的动机，有时候不是源于有个故事，而是有一个或几个人。我们倘然遇到一个有趣的人，很可能地便想以此人为主而写一篇小说。不过，不论是先有故事，还是先有人物，人与事总是分不开的。世界上大概很少没有人的事，和没有事的人。我们一想到故事，恐怕也就想到了人，一想到人，也就想到了事。我看，问题倒似乎不在于人与事来到的先后，而在于怎样以事配人，和以人配事。换句话说，人与事都不过是我们的参考资料，须由我们调动运用之后才成为小说。比方说，我们今天听到了一个故事，其中的主人翁是一个青年人。可是经我们考虑过后，我们觉得设若主人翁是个老年人，或者就能给这故事以更大的感动力；那么，我们就不妨替它改动一番。以此类推，我们可以任意改变故事或人物的一切。这就仿佛是说，那足以引起我们注意，以至想去写小说的故事或人物，不过是我们主要的参考材料。有了这点参考之后，我们须把毕生的经验都拿出来作为参考，千方百计地来使那主要的参考丰富起来，像培植一粒种子似的，我们要把水分、温度、阳光……都极细心地调处得适当，使它发芽，长叶，开花。总而言之，我们须以艺术家自居，一切的资料是由我们支配的；我们要写的东西不是报告，而是艺术品——艺术品是用我们整个的生命、生活写出来的，不是随便地给某事某物照了个四寸或八寸的相片。我们的责任是在创作：假借一件事或一个人所要传达的思想，所要发生的情感与情调，都由我们自己决定，自己执行，自己做到。我们并不是任何事任何人的奴隶，而是一切的主人。

遇到一个故事，我们须亲自在那件事里旅行一次，不要急着忙着去写。旅行过了，我们就能发现它有许多不圆满的地方，须由我们补充。同时，我们也感觉到其中有许多事情是我们不熟悉或不知道的。我们要述说一个英雄，却未必不教英雄的一把手枪给难住。那就该赶紧去设法明白手枪，别无办法。一个小说家是人生经验的百货店，货越充实，生意才越兴旺。

旅行之后，看出哪里该添补，哪里该打听，我们还要再进一步，去认真地扮作故事中的人，设身处地地去想象每个人的一切。是的，我们所要写的也许是短短的一段事实。但是假若我们不能详知一切，我们要写的这一段便不能真切生动。在我们心中，已经替某人说过一千句话了，或者落笔时才能正确地用他的一句话代表出他来。有了极丰富的资料、深刻的认识，才能说到剪裁。我们知道十分，才能写出相当好的一分。小说是酒精，不是搀了水的酒。大至历史、民族、社会、文化，小至职业、相貌、习惯，都须想过，我们对一个人的描画才能简单而精确地写出，我们写的事必然是我们要写的人所能担负得起的，我们要写的人正是我们要写的事的必然的当事人。这样，我们的小说才能皮裹着肉，肉撑着皮，自然地相联，看不出虚构的痕迹。小说要完美如一朵鲜花，不要像二簧行头戏里的“富贵衣”。

对于说话、风景，也都是如此。小说中人物的话语要一方面负着故事发展的责任，另一方面也是人格的表现——某个人遇到某种事必说某种话。这样，我们不必要什么惊奇的言语，而自然能动人。因为故事中的对话是本着我们自己的及我们对人的精密观察的，再加上我们对这故事中人物的多方面想象的结晶。我们替他说一句话，正像社会上某种人遇到某种事必然说的那一句。这样的一句话，有时候是极平凡的，而永远是动人的。

我们写风景也并不是专为了美，而是为加重故事的情调，风景是故事的衣装，正好似寡妇穿青衣，少女穿红裤，我们的风景要与故事人物相配备——使悲欢离合各得其动心的场所。小说中一草一木、一虫一鸟都须有它的存在的意义。一个迷信神鬼的人，听了一声鸦啼，便要不快。一个多感的人看见一片落叶，便要落泪。明乎此，我们才能随时随地地搜取材料，准备应用。当描写的时候，才能大至人生的意义，小至一虫一蝶，随手拾来，皆成妙趣。

以上所言，系对小说中故事、人物、风景等作个笼统的报告，以时间的限制不能分项详陈。设若有人问我，照你所讲，小说似乎很难写了？我要回答也许不是件极难的事，但是总不大容易吧！

载一九四一年八月十五日《文史杂志》第一卷第八期

苏童

写作的理由
——二〇〇九年八月八日岭南大讲坛·文化论坛演讲

写作需要理由吗？事实上，这是一个非常大的问题，说这个问题其实是在说一份非常漫长的答卷，我想从很多年前我遇到的一件事情开始说起。大概在二十世纪九十年代，我们一帮写作的朋友在福建参加一个文学笔会。有一天吃晚饭，喝了一点酒，那天我们也没有在意谁喝得多，谁喝得少。但是，酒席快散的时候，我们这里有一个军旅作家，他突然有一点状态了，突然就哭了，一桌人都愣了。当时大家下意识的反应真的很有意思：有人说他失恋了，但是又不对，他已经四十多岁了，那么是婚外恋失恋了？都是这样的猜测和想法。因为他哭得很厉害，安慰了半天，这个作家突然抬起头，满眼是泪，说了一句什么话呢？他说我真没想到我都这个岁数了，我在社会上混了这么多年，怎么跟你们这帮文人混在一起了？

这是一个很有名的作家，写的题材都是军旅方面的。说完了，他就把我们一扔自己就回房间了，一桌的人都愣在那儿了。我也愣了。为什么发愣？倒不是情绪上的，因为“酒后吐真言”真的是一种非常准确的描述。所以，从一种意义上来说他醉了，但是从另外一种意义上来说他没有醉，异常的清醒。这个作家比较特殊，一家的军人，兄弟姐妹都是军人出身，只有他一个虽然是军人，但是写起了小说。那一天对我造成最大的冲击是我突然如此近距离地发现了一个非常残酷的事实，那种事实来自一种拿惯枪杆子的人对笔杆子的一种蔑视，一种轻视，尽管是用这样一种方式表现出来。

这件事情过去以后，不能说我以前从来没有思考过任何写作的意义方面的问题，但那件事情给了我一个契机或者说一个刺激，让我很多时候在写作的过程中，我会思考写作本身它具有什么样的意义。我一直在说，有一个问题问好多的作家他其实会愣，就问这样一个最简单的问题，一个作家写了一辈子，为什么写？你冷不丁问他的时候，我相信绝大多数的作家都会张口结舌。为什么？因为这不是一个简单的问题，你用任何一个词语、任何一组词语其实都不能精确地回答这个问题。所以，从某种意义上来说“为什么写作，你给出一个写作的理由”其实不是一个问题，而是一份答卷，是一份卷面非常大的答卷。做这份答卷，我想从我个人的经历说起。我们经常说文学充满每个人的生活，只是你没有自己去梳理和发现而已。我自己写作过了很多年以后，我自己回味自己的生活甚至生命，我都觉得是一个非常文学化的细节。我是一九六三年出生，我在我们家排行老四，我的父亲是机关干部，父母的工资很低，当时是八十块钱不到，既要养这个家庭，又要养乡下的奶奶和城里的外婆。

所以，我的母亲怀我的时候根本不想要，是一定要打掉的。但是，她是一个工人，她要到医院去做流产，那个时候要非常严格的请假，找到厂长家请假，没有想到这个厂长说：“生产这么忙，你怎么还跟我来说这个事情，不批。”他又说：“你怀孕了？怀孕了又给我们生一个祖国的花朵，挺好的事情，不准请假。”我的母亲就是在这“两个不准”的情况下把我生下来的，她也是挺听话的，既然领导不允许，这个孩子就生下来了。在这样一个状态下，我的生命才正式地有了一个权利。我之所以说生命是一个奇迹，这里面有很多的悲喜之处，我出生三年以后“文革”开始了，我的母亲是一个水泥厂的工人，厂也挺大的，属于中央建材工业部，这个厂在“文化大革命”当中被斗得很厉害。那个厂长因为被斗，被揭发很多莫须有的问题，他很脆弱，被斗得有一天想不开了，他就跑到工厂的水塔里吊在一根管子上死了，好几天都找不到这个人。副厂长就觉得很奇怪，最后就找到水塔里面，一推门就看见了厂长。副厂长看见了，吓得一下子瘫在地上。这个副厂长是谁呢？告诉大家，是我现在的岳父。我岳父发现这个厂长的尸体，是我跟我太太结婚了以后才说起的，我觉得生命当中到处充满文学，在生活的流淌当中、细节当中，我自己真的发现所谓的文学在你自己的生命当中无处不在。

这个事情我知道了很多年以后，有一天我回苏州去，因为那个时候用煤气包，我丈母娘看见我回来了，正好换一个煤气包，因为是春节，所以我的丈母娘要做很多菜，老嫌煤气不够用。所以，我到工厂的换气站换大煤气包。但是，我一个人拿不动，我丈母娘就帮我找了一个帮手，说你帮我们一起搬回去，他说没有问题。然后，我就跟那个小伙子一起搬到丈母娘家。他走了以后，丈母娘就问我，你知道那个小伙子是谁吗？是当年那个厂长的儿子。过后很长时间我一直非常遗憾的是，我没有说谢谢他，我要对那个厂长的儿子说一声谢谢，当然我不会提到他父亲的事情。但是，这么一件事情对于我来说是奇迹一样的回味，就是所谓的生活当中处处充满着文学，一旦表述的时候，你的生命的结构都非常紧凑，是一篇长篇小说。对于我来说是这样一个认识。

我觉得自己文学生活的开始，所谓我给出的写作的理由，第一个是跟好奇有关。爱上文学，我觉得有几个先决条件，爱文学首先是爱文字，爱幻想，对于文字和幻想的爱，从某种意义上来说都是有好奇感。我记得我很小的时候，因为当时是“文革”的后期，我现在清楚我人生的第一次文学演绎是标语写作。在化工厂的门口有一块水泥地，我就从家里跑回去拿了一支粉笔写“革命委员会好”，别人说这个小孩子真聪明，而且写这么一个革命的标语，但是这个只是一个假象，事实上对于文字的喜好，这只是我文学幻想萌芽的第一片叶子。

我小的时候得过一场病，是肾炎，这个病其实并不可怕，只是它有一个并发症，这就变成了一个可怕的病。所以，我也没有办法，那年我十岁了，天天就坐在家里，我妈给我准备了一个竹榻，那一年的生活是我人生记忆当中最深的记忆，因为是在死亡的门口边缘，而且小孩子并不懂得太多关于自己身体上的问题，只是觉得有一点不舒服。那时候我母亲老在外面哭，她不会当着我的面哭，我就知道这是和我的病有关。所以在这种情况下，父母跟我说你不能上学，你只能待在家里，而且天天要熬药吃。他们都要上班，没有人照顾我，只有自己照顾自己。基于那样的原因，我只能自己熬药，因为肾炎大家都知道，小便特别多，黄梅天的时候是滴滴答答地下雨，我觉得自己也是每天都滴滴答答的，觉得日子特别难熬。我很想动，我也有力气动，但是医生和父母说我不能动。后来实在无聊，我就找家里父亲扔的《水浒传》《三国演义》来看，但是那个时候看不懂，因为它是繁体字。但是我就看认识的字，我姐姐偶尔也会给我带几本书过来，都是讲革命的。我找最简单的字在哪儿呢？在我们家墙上，因为我们家有一个非常长的走廊，那里糊满了报纸，我记得有一份报纸是《苏州工农报》，我因为实在无聊，所以我就蹲在走廊上，那个时候也没有电灯，我就把门打开，借着河面的反光投射到走廊，我可以看见报纸上面的字。报纸上面的字都是非常空洞的，有那个时代背景的那些字。所以，我觉得我最早接触文学，准确地说是接触文字，我最早迷恋文学是迷恋文字，迷恋文字也可能跟我的境遇有关，也可能是一种孤单的生活。所以，从很大的意义上来说，我感激文学，因为从童年时期，文字首先成了我的朋友，陪伴着我。这个对我来说是一件记忆非常深刻的事情，所以，爱文学我觉得首先是从爱文字开始的。

还有一个我印象非常深刻，就是所谓的幻想精神。因为我觉得这也是一个写作必需、必备的。我记得特别清楚，大概我上中学的时候，因为那个时代做棉袄，如果要做一件非常正式的棉袄，尤其是给大人做，他是不到商店里买的。那一年我父亲应该是过四十岁的生日，我母亲做了一件丝质棉袄，所以，家里有一些活就找了一个女裁缝，把她请到家里来，每天要管她的饭。这个女裁缝就住在我们街上，其实我以前也见过她，那年六十多岁的样子，整天穿黑色的衣服。她拎着一个篮子，这个篮子里面有她的剪刀、尺子等工具，她已经干了好几十年了。有一天这个女裁缝在家里做，她把篮子扔在我们家里，我一翻就发现里面有一本发黄的画报，我就一把拎起来，是一本被撕掉三分之一的上海滩的画报。打开一看，里面有几个穿旗袍的女人坐在一条船上，是要去春游。这本画报我很有兴趣，我倒不是对美女有兴趣。我跟老太婆说，你这个画报能不能借给我看看？她说没问题，要我给她拿几张旧报纸来。对她来说画报只是垫篮子的东西，那个画报我就收藏了下来。我也不知道我为什么对那本旧画报兴趣那么大，恐怕是那个时代非常特别，所有老的东西、旧社会的东西、发黄的东西是看不到的，当我偶然得到这本发黄的东西我会很认真地“学习”。当年那张画报其实是苏州一家当红的演艺公司组织一批演员去旅游而已。这本画报，我现在回想起来，自己第一次所谓的幻想是这本画报带来的，因为它给我带来了一个依靠，让我开始胡思乱想。当然，这是所有年轻时候的胡思乱想。我现在想起来，我在写妇女生活，估计就跟这个画报有关系，慢慢发酵的。

这是一个非常奇特的经验。大概是一九七一年，我现在记得很清楚是巴黎公社成立一百周年，那个时候有线广播都在播庆祝巴黎公社一百周年，我为什么印象如此深刻？因为当时我们的广播电台以一种非常隆重的形式在庆祝，这是关于革命的一个信息。而我们几个孩子聚到自家对面的一个院子里的天井，去缠着当时的一个青年工人，他知道很多故事。所以，我记得非常清楚我们在院子里坐下来，对面那个邻居大哥哥说，给我扇扇子。我们就很殷勤地给他扇扇子，他就会讲故事。他们在听巴黎公社的背景，关于革命慷慨激昂的故事，我们在听一个《绿色的尸体》的故事，在二十世纪七十年代的时候有一个小抄本，光是这样一个名字对小孩子就有极大的诱惑——尸体，而且是绿色的。所以，这个是我自己青少年时期记忆深刻的印象。

我自己的成长背景当中，跟文学有关的东西有的刚才我已经说了。还有一个，我一直觉得跟我写作有直接关系，这种关系是写作的腔调，我一直觉得写作有腔调，这个腔调一直很难去描述，但是它是有腔调和节奏的。我一直觉得我小时候在苏州街道生活当中，有一种声音对我的影响挺大的，那个声音就是苏州街道上空气当中弥漫的苏州评弹的声音。但是觉得苏州评弹是软的，苏州评弹是非常随意、非常慢、非常悠闲的一种节奏，苏州唱的都是节奏很慢的。我在小说里面捕捉的片头都是广播里说书的节奏，因为苏州的创作是非常奇怪的，每一个故事都有那么一个出点，但是经过几十年艺人的加工和演艺，有了很大的改造。有时候一个长篇故事要十几天来说一个故事，不急不躁地在那里说。所以，我觉得这跟我的写作有非常大的关系。

我自己真正的创作大概是从大学时期开始的，大概是二十世纪八十年代，那应该是一个黄金时代，我在那个时候开始写作，自然带有那个时代的理想主义色彩。比如说好多人今天提出来的问题，问我为什么写作，你写作的理由，你以前写作吗？如果明天告诉你地震，或全球毁灭你还会写作吗？如果这种极端的问题放在二十世纪八十年代我是没有办法回答的，因为二十世纪八十年代是这么一个氛围，你是一个青年人，你就应该写作，不写作你不是有病吗？就是在这样一个状态下，一个是出于我自己本身的爱好，另外一个，在二十世纪八十年代青少年写作是一个特殊人群，尤其在中文系，我就是在这个时候开始所谓真正的写作。从诗歌写到大小说[①]，一直持续了我的整个大学生活。我的大学生活非常有意思的是，我一直觉得我写作的理由跟一个词有关——运动。大家会觉得不解，你怎么会提到运动？我觉得我在大学的时候有一个非常奇特的现象就是精力过剩。我每天都要到北师大的篮球场上报到，无论刮风下雨，不管有没有伴，我是每天下午4点钟必去。我现在分析觉得自己身体里有一种叫运动的欲望。

① 指长篇小说和短篇小说。

另外一个方面，我运动完了以后天天晚上要写作。我现在总结一下，我觉得我的身体迷恋运动，我的内心在迷恋另外一种运动——文字的运动。我一直觉得在大学时期，我对文学强烈的追逐其实是喜欢那种文字的运动，所以我从写诗歌，最后写到小说。我一方面在操作我的身体让它一直处于运动当中，晚上我在操作文字，让文字在我手下不断地运动，我觉得文字很像一个运动的身体。比如说田径运动我们讲爆发力，我们讲节奏，我觉得在写作过程当中，你目睹的文字运动起来了，它以它的方式，以它的节律运动起来了。所以，那个时候我真的没有考虑过写作原因，在很大程度上，我写作真正的理由是对运动的专注和迷恋。文字的状态在不同的文体当中是让它奔跑，还是任它跳跃，我觉得这是对一个作家未被发现的乐趣。我是发现了这种乐趣，一下子陷进去了。现在想起来我仍然坚持自己对于写作的迷恋——可能并不是我个人的发现，首先文字本身的运动感是我在大学青年时期对于文学一直的迷恋，一直坚持下来的理由，我迷恋的是这个东西。

小说：追忆逝水年华

——在武汉大学的演讲

今天的题目我倒不是故意和同学们卖什么关子。小说，逗号也好；小说，冒号也好。追忆逝水年华。追忆的是什么逝水？什么年华？不行，我还是不能说。这个题目会不会让同学想到苏童会谈到普鲁斯特，但是我今天是要从一个作家开始谈起。他不是普鲁斯特，是另外一个作家。也许在很多人的认识里比普鲁斯特更伟大的一个作家。

一九一〇年十一月二十八日凌晨五点，在俄罗斯一个叫别昂纳的小火车站上寒风凛冽，站台上站了两个人。一个是八十多岁、长满了白胡子、垂垂老矣的老人，另外一个是五十多岁的，看上去像一个私人医生。这两人站在那里干什么？他们在等火车，这很正常。但是火车迟迟不来，这两人要去哪里？很怪。他们并不清楚，后来说，也许是要去莫斯科，也许是要去圣彼得堡，或者也许他们哪一个地方都不一定去。然后这个老人跟着他的私人医生带着简单的行李箱上了终于等到的火车。火车开动后，老人很快就病了，他的私人医生没有办法，只好改变所有的旅行计划。在到达一个火车站后，下了车。在俄罗斯，深秋季节是非常寒冷的，什么也没有。当时的俄罗斯火车站空无一物，到了谁的家呢？是那个小火车站站长的家，然后这个私人医生扶着这个颤颤巍巍的老人进了那个小火车站站长的家，这个小火车站站长看到来了个客人倒不奇怪，但看到这个老人的面孔，他像被雷电击中一样傻了，说：我这是做梦吗？为什么伟大的托尔斯泰到了我家里？这个老人是托尔斯泰。那么现在说起来大家都清楚，托尔斯泰在他去世前的七天，突然有些非常奇怪的行为。他离家出走了，他离家出走和普通儿童不同啊，他还有私人医生，这是他出走的待遇。后来关于托尔斯泰的生平也好，研究俄罗斯文学等，关于他的出走，有种种的材料和佐证要说。

有一种最有价值的当然是来自他的太太，他太太叫索菲亚，这是一个著名的女人，本来她是托尔斯泰的女人就已经名垂青史，但是她让晚年的托尔斯泰离家出走，她更加名垂青史。据索菲亚的说法，她说她和晚年的托尔斯泰相处不好，其中有个重要的原因，是有一个第三者，这第三者不是女人，大家不要往歪处想。这是一个朋友，托尔斯泰把他看成像天使一样的人物，但他的家人把他看成魔鬼，或者是一个骗子，完全是个骗子。事情的真正起因是托尔斯泰晚年的日记，当时托尔斯泰意识到他晚年来日不长，他处理他的文稿时也是做了个非常奇怪的举动，他把他的文稿给了那位朋友而没有给他自己的家人。据说这是一个导火索。据托尔斯泰太太的回忆，晚年的托尔斯泰和中年、青年的托尔斯泰完全不同。她的一个判断是他淘气，变得顽劣，而且是种孩子式的叛逆。从某种意义上来说，很奇怪的是托尔斯泰的这一次出走是淘气地出走，这次出走酿成了非常非常严重的后果，七天以后，他就死在那个非常小的火车站，死在那一次旅途中。

同学们会很奇怪为什么我要说这个故事，它跟我们今天说的有什么关系。我觉得是有关系的。我们今天要说的，恐怕就是被我这个故事所掩盖的事实，我们可以把托尔斯泰这次出走看成一次迟来的出走，他不是去寻找死亡，在他生命的尽头他对世界依然是好奇的。也许即使没有妻子和那位“骗子朋友”的阴影，没有多少世俗的愤怒和烦恼，有的是一颗探索世界的好奇心。我今天先借引入托尔斯泰的故事——其实是一个非常极端的例子——“一个作家之死”来探讨我们今天的题目。其实所谓的追忆逝水年华，我要从一个作家的好奇心开始，看伴随我们一生的好奇心如何延续我们的童年生活，让童年永恒，也让文学永恒。我要说我们没有人记得人的一生中第一次打量世界的目光。为什么这么说呢？根据权威的医学观察，我们有很多对于人与世界的认识，关于眼睛反射这个世界的常识，有很多都是错误的，也许在文学中泛泛可及。当我人生中第一次睁开眼睛的时候，我看见了母亲亲切的面孔。非常权威的知识告诉我们，每个婴儿当他真的离开母亲的子宫时，当他被抱出来时，他睁开眼睛，什么都看不见。为什么？他不是盲人，是因为他没有光感。一个孩子刚睁开眼睛的时候，你看他眼睛模模糊糊的，他没有光感，他什么都看不见。他看世界所有的东西都是模模糊糊的。然后随着他自然的眼睛对光的适应与调节，他渐渐地能够看到所谓的婴儿世界。所以从这个意义上来说，不管什么人对这个世界的第一记忆注定是要丢失的，这基本上可以说是永恒的模糊，是一种无法弥补的记忆缺憾。没有人能真实地回忆，所谓的婴儿时期对世界的第一次打量，他们到底看见了什么。我们现在所拥有的，我们经常所谈论的，包括我今天正在谈的，所谓的童年回忆，其实都是跳过了第一次的。第一记忆不是残缺不全的，就是后天追加的，要不然纯粹是一个虚构的产物。所以从某种意义上来说，对于一部分作家来说，他是一个延续童年好奇心的产物。也许最令这一部分作家好奇的，是他自身对世界的第一记忆。他看见了什么，在潜意识里，作家便是通过虚构在弥补第一记忆的缺陷，谁都会注定要丢失的第一记忆。由于无法记录婴儿时期对世界的认知，所以他们力图通过后天的努力来澄清最原始的我刚才所提及的那个模模糊糊、摇摇晃晃的世界的影像，最原始的，大概也是最真实的。偏偏真实不容易追寻，现在大家想想在你的婴儿时期，照理是应该被记载的，即使是你的婴儿床的样子，你的墙的颜色，也要等到好多年以后再做结论。

那么一个婴儿看见了什么，它意味着一个作家看见了什么吗？寻回对世界的第一次打量，有意义吗？作者有必要那么相信自己的童年吗？借助不确切的童年经验，作家到底能获取什么？这个恰好是值得我们讨论的。我们可以说，童年生活是不稳定的，模模糊糊、摇摇晃晃。一部优秀的文学作品，就应该提供给读者一个稳定的、清晰的世界。读者那里需要答案的，作家那里不一定有，这其中隐藏着天生的矛盾。一个清醒的作家，应该意识到这种矛盾。然后，掩饰这种矛盾。一个优秀的作家不仅能意识到这种矛盾，而且能巧妙地解决这种矛盾。当然，解决矛盾的方式是多种多样的，但有一点是共通的，就是作家们往往沉迷于一种奇特的创作思维：他不是从现实出发，而是从过去出发，在时空中大幅地后撤。或者说，他是从童年出发的，让记忆模棱两可。那么说，这些作家，他们不相信现实，他们只是回头一望，带领读者跨越现实，一起去寻找。这是这一批作家对这一批读者神秘的指令。所以，这是一种可能：一个作家带领读者在最不可能的空间里抵达生活的真相。我这样说也不知道有没有说清楚，下面，举一些文本的例子。

中国当代文学作品中也有那种在童年记忆中架构那座桥梁的文本和作家，例如余华。他的早期创作中，很明显地可以看到潜入童年的痕迹。我们可以发现，他曾经试图依赖儿童时期的视觉记忆，建立一个叙述角度。同学们大概都看过《十八岁出门远行》了。至少你们中文系的部分同学应该看过。那个青年已经十八岁了，准备开始离乡远行的新生活，但对外面世界的判断依然是儿童式的，以点和线为基础的。尤其是对于人、汽车和公路的表述，基本上可以看成对点、线、面的表述。比如他有一段写道：“远方的公路起伏不止，像是贴在海浪上，我走在这条山区公路上，我像一条船。”这是一个典型的小男孩，而不是十八岁青年对公路的记忆方式。汽车是点，公路代表方式，也是一个面。这样的记忆方式，被移植到这篇小说当中。这都是天然的、无师自通的、孩子气的物理学方法和数学性质的方法，试图概括真正的、外面的、陌生的世界。

小说中这位青年，看不见路上的汽车，唯一一辆路过的汽车，司机无情地拒绝了青年搭车的请求。你也可以看成是点与点之间的相互拒绝，导致线的无法连接，方向自然失去，旅程无法完成。这为孤独和恐慌如此渲染产生意外的说服力。《十八岁出门远行》之后的一篇小说《黄昏里的男孩》，从偷苹果的小男孩和苹果摊主人之间的故事中依然可以清晰地看见叙述的坐标。这坐标还是依赖一条路，余华这样写道：“这是一条宽阔的道路，从远方伸过来。经过我的身旁后，又伸向远方。”一开始觉得是废话，后来觉得有意义。还是利用童年视觉中对线的敏感，强调方向和线的形状。小说中的人物，孙福和小男孩，我们还是可以看作两个点之间的连接。这两个点因为一个偷苹果的行为联系在一起，引发了一个关于惩罚的残酷的故事。孙福为了一个苹果，弄断了男孩的一根手指，带着他游街示众，在男孩接受了孙福所有残酷的惩罚后，路又出现在他面前。小说这样写："孙福走后，男孩继续躺在地上，他的眼睛微微张开着，仿佛望着前面的道路，又仿佛什么都没看。男孩一动不动地躺了一会儿，又慢慢地爬起来，靠着一棵树，站了一会儿，然后慢慢地走向那条路，向西而去。"路在这里，意味深长，这个故事从人性的角度分析，完全是人性的噩梦。但从另外一个角度分析，是男孩关于路的噩梦。借助一个男孩有关路的噩梦，作者带领读者体会了一个人性的噩梦。这是余华的一种方法。

我们再看看莫言老师的作品。莫言小说中童年的经验，更是被无限放大的。我认为有些符号（我说的是早期的）是值得我们注意的，比如母亲的形象，比如昆虫、庄稼，都是童年经验在生活中的一次次放大。首先放大的是童年视觉刺激，它给莫言带来了热情。母亲的形象，是通过儿子的目光塑造的。换个角度说，是通过儿童的目光塑造的。所以带有一个自然的仰视角度。因为这个角度，母亲们都是丰乳肥臀。首先，从身体上被放大，然后，这些乡村母亲的情感世界也随之被放大。被放大的情感世界，无论多么原始，多么热烈，都显示出合理性。

而莫言小说中，还有一个人畜世界。这个世界里，人与牲畜、庄稼、昆虫互相依赖。那不仅是融入社会的基本写照，更是来自朴素而原始的视觉记忆。在莫言早期作品《欢乐》中，孩子眼里的母亲身上爬满了跳蚤，他的写法是那么疯狂和离经叛道。小说中这样写：

> 跳蚤在母亲紫色的肚皮上爬，爬！在母亲挤满污垢的肚脐里爬，爬！在母亲泄了气的破气球的乳房上爬，爬！在母亲弓一样的肋条上爬，爬！在母亲的尖下巴上、破烂不堪的嘴上爬，爬！母亲口里呼出绿色的气流，使爬行的跳蚤站立不稳，使飞行的跳蚤折了翅膀，翻着筋斗。有的偏离飞行方向，有的像飞机跌进气窝斡旋。

这篇小说刚刚问世的时候，曾经有人愤怒地批评作者亵渎了一个神圣母亲的形象。在我看来，这不存在对母亲的亵渎。这只是一次莫言式童年目光的延长。在跳蚤不具备任何象征意义时，在孩子还不知道母亲这个象征意义时，母亲和跳蚤一起，只是一个人和跳蚤在一起，没什么大不了的。就像人和牛在一起，谁也亵渎不了谁。如果说莫言在这部小说中多少有挑战人们胃口的动机，那么这个动机也是合情合理的。一个贫穷而肮脏的孩子，有一个肮脏而衰弱的母亲，如果那里有悲伤，一定也有欢乐。关键在于潜入童年世界后，成年世界的象征，或者文学世界里的象征，脆弱得像肥皂泡。而母亲，一旦得到了最原始的还原，跳蚤一旦得到了公平的待遇，奔涌而来的是个生机勃勃的世界——莫言的世界。那里有我们需要的理性，当然，还有我们需要的感情。因为童年时代所掩盖的悲伤和欢乐，要作家进行一次次地回访，那是一个再发现的过程。无论你用什么样的方式，无论你写什么样的母亲。我们要说，一个作家的风格千变万化，但是只要仔细寻找，还是可以发现一种惯性，大部分重视童年的作家往往忍不住跨过所谓现实，去一个消失的时空寻求答案。我们可以发现，这几乎形成作家的迷信。

还拿莫言老师做例子，在他的《生死疲劳》中，主人公西门闹，他被枪毙后，转生为驴、牛、猪、狗、猴。大头婴儿南千岁用六道轮回解释生命的过程和世界的意义。莫言的小说开篇用了佛经，所谓生死疲劳，从贪欲起。少欲无为，身心自在。但我更相信，他在写作这部小说时不一定听见的就是佛的声音，而是他在童年青春期前听见的乡村的牲畜与人的声音。所有生命交织在一起，形成了雄浑的乡村之音。小说中人界与畜界的转换通道，看似由死亡把守大门，但其实是来往自由的。作者借转世为猪的西门闹达到这种自由。他这样写：

> 尽管这些狂野的人赋予了猪那么多光辉灿烂的意义，但猪毕竟还是猪啊。不管他们对我如何厚爱，我觉得还是以绝食来结束我猪的一生。我要去面见阎王，大闹公堂。争取做人的权益，争取体面的再生。

西门闹作为猪的任性，当然有它的潜台词。人的生活是体面的，这恐怕也是孩子对人的生活和猪的生活做出的唯一理性的判断。而实际上，掌控一切的，仍然是儿童式的好奇心。大家知道，一个孩子对生命的好奇是从不分类的。一头牛的生命，一头驴的苦难，一个人的生命，一个人的苦难，在孩子这里是平等的。所以，这样的写作方法的前提，这种方式本质上的前提，是小说所宣扬的并不是六道轮回的理论，恰好是建立在一个孩子对生命本质的迷惑和追问中。莫言这里的狂欢式的人畜世界是一次对孩童世界的挽留。他在很多年以后，试图回答一个孩子的问题。一头牛为什么是一头牛，一个人为什么是一个人。同一世界里的不同生命，世界对于他们的意义应该是不同的。那么这个世界里，有我们能追寻到的终极意义吗？我想这是莫言小说比较真实的内涵。

我们在这里讨论的话题，就是乐意于利用童年并享受由此带来充足乐趣的作家和作品。有一段时间，我偶然看到余华在博客上回答一位读者问题时说到童年。他说，我们都被童年生活所掌控，童年决定了我们生活的方向。我想补充的是，信任童年是一种人生态度，也可以是一种创作态度。我想说，童年生活通过文学这个管道，其实一直在我们身上延续，甚至成长。但是，它的意味，远远超出“童年”这两个字。

我们想想我们的生活，一个人的一生中要迎来多少黑夜？对于成年人来说，黑夜意味着时间和光线的变化，黑暗中没有一丝行窃小偷的身影，黑暗仅仅是黑暗而已。但是对于一个孩子来说，黑暗是一种奇特的、可怕的事物。由于不依靠知识和经验，他们依靠最原始最活跃的感官去认识黑暗。于是，黑暗对于孩子们来说，成为神秘和恐惧的来源。这是事物被遮蔽和覆盖后带来的恐惧，也是成年人那个世界中最最容易被忽略的东西。所以对黑暗最好的描述，一定是孩子的描述，而不是成年人的描述。同样地，一个人一生当中也要迎来无数个日出，这个世界所谓的太阳天天是新的，新的一天的太阳在孩子那里也是不存在的。孩子们送走的是黑暗的困境，迎来的是日出的困境。太阳可能毫不留情地照耀着他夜里撒尿的尿床的痕迹。太阳一出来，意味着他要去上他不喜欢上的幼儿园，不喜欢上的小学甚至中学。今天的太阳出来了，提醒他昨天的作业还没有完成。因此，当被遮蔽、被覆盖的清晰起来以后，对于孩子来说，依然充满着危机。新的一天如果预示着未来的话，这个未来是好是坏，孩子们从来没有把握。因为只有天真，没有浪漫。所以，太阳对他们来说没什么寓意。太阳对他们来说意味着光的权利，这权利给孩子带来的在某种程度上是焦虑和迷茫。所以，即使是在对待日出日落和黑暗这么一件事情上说，我们可以发现孩子的敏锐。当你试图让时光倒流，借助这样一个倒流，重塑所谓一个儿童的目光的时候，你可以寻找到一种文学的、真实的敏锐，甚至是一种，我认为是一种哲学的敏锐。

我们今天的话题，我刚刚是从托尔斯泰开始的，为了首尾呼应，也应还从托尔斯泰结束。托尔斯泰说过一句非常有名的话，我特别喜欢，多次引用的："所谓的一个作家写来写去，最终都要回到童年。"当然我刚才所说的，他的生命，其实也是幼年时期的心灵出走，也是一次回到童年，回到过去时光。

原载《新文学评论》二〇一三年〇三期

说与不说

——谈谈三个短篇小说的写作

一、马里奥·贝内德蒂《阿内西阿美女皇后》

简单地说，这是一个关于失忆者的故事。它之所以值得我们谈论，或许是因为在时髦的失忆主题的文本大军里，它显得短小，又非常有趣。

小说开门见山，“姑娘睁开眼睛，顿时惶恐不安——”平白无故地，一个姑娘便失忆了。对于老练的阅读者来说，这样的一记惊堂木，也吓不了人，所以其效果有待观察。姑娘怎么啦？不知道。也许作者会说，也许根本就不说。

贝内德蒂在这里采取了不说的策略。

选择说什么，是所有小说作者必修的功课；选择不说什么，则往往是短篇小说作者的智慧。从某种意义上说，是后者决定了短篇小说的本质特征。在《阿内西阿美女皇后》中，惊堂木只是一记脆响，作者不愿交代姑娘失忆的任何原因，甚至没有任何暗示，这当然是合法的，利用的是短篇小说特有的豁免权——一个人物，无论是不是核心人物，往往可以没有什么履历，只描摹一个现状。一个核心事件，无论在小说中有多么重要，往往不提前因后果，只择取一个片段，这个片段足够可以形成短篇小说的叙事空间。我们不可以说短篇小说是从长篇小说的大面包上切下来的面包片，但短篇小说确实是要切削的、舍弃的，还要烘焙，放在粮食系统里考量，真的像一片很薄很脆的面包片。在《阿内西阿美女皇后》中，切削与舍弃都是最大化的，只由一个信息（失忆）、一个人物（姑娘）、一个地点（广场）构成叙事坐标，这样迷你的一块面包片，是否足够散发引起我们食欲的香味，烘焙当然很重要。

我们不得不暂时放下条件反射下的追问，只关注那个坐在广场长凳上的姑娘的遭遇。当然，一定是即时性的遭遇——这也往往反映短篇小说作者烘焙的手艺。我们的目光投向乌拉圭的一个不知名的广场，一个不记得自己名字的姑娘，当她的周围有人走过，我们就特别焦虑，是什么样的人会停下来与她说话，那个人会与失忆的姑娘发生什么样的交集？我们的焦虑，其实就是某种香味引发的窥视欲、食欲和好奇心。

失忆？失忆。一个现代文学常见的精神母题，直指或暗指文明社会人们通常都有的身份焦虑。我是谁？当我不记得我是谁了，所谓的身份当然也彻底丢失了，当人们谈论身份焦虑，有一半是在谈论身份丢失的焦虑。这一套路塞入短篇小说，说起来很深奥，其实也是老生常谈。但这个故事比我们预期的要有趣多了，作者是短篇高手，其实无意在这个身份焦虑上纠缠，我个人觉得，他的创作企图还是利用读者“怎么了”的心理，与其周旋，将“怎么了”的问题有效地发酵、膨胀、发展成更为宽广的人类境遇问题。

有趣就在于此。作者把失忆的主人公设置为一个如花似玉的姑娘，而不是一个老人，这首先提供了某种莫名其妙的暧昧、古怪与惊险感。为什么是如此年轻的一个姑娘失去记忆？为什么让她坐在广场这么一个公共空间里？姑娘为什么如此享受自己的失忆症状，而且怕被别人认出来？这些疑问提供了读者充分的想象空间，她是谁？在她身上到底发生了什么故事？但你正要展开“补白”想象的时候，这种想象又被打断了，因为那个名叫罗尔丹的中年男人来了。然后你很快意识到，“我是谁”的问题，远远不如“他是谁”的问题来得重要，失忆的女孩是谁，远远不如这个罗尔丹是谁来得重要！

有趣就在于此。罗尔丹是谁？我们大家都希望他是一个解救者，就算不是神父，至少是个好人，很可惜，姑娘到了罗尔丹的家里，我们善良的幻想就破灭了。这个罗尔丹即使不是一个中年猥琐男，也是一个危险的侵犯者，与失忆的女孩姓名不详不同，仔细分析这个罗尔丹，他有着一系列的身份以及名字。侵犯者？掠夺者？甚至干脆就是一个强奸未遂者？他让人想到包围失忆女孩的这个世界，人欲横流，处处充满伪装、引诱、色欲、危险、暴力。

有趣就在于此。罗尔丹的出现，让我们明白了姑娘失忆的第一重意义：一个失忆的美女为什么不知道自己的名字？因为她在等待别人命名。她的名字，本应是由别人赐予的？

罗尔丹们知道她的名字，阿内西阿美女皇后，这命名并不那么贴切，其实，她的名字叫青春，叫美貌，甚至就叫迷途羔羊。当她坐在街心花园，就像是一面镜子放在那里，照射那些有名字的人们，以及他们浑浊的内心。第二重意义似乎是：罗尔丹还会回来，而失忆的姑娘将永远恢复不了记忆，她永远信任一切。因为信任一切，她永远生活在危险之中。

当然，说到永恒性的险境，这已经不仅是一个失忆者的境遇了。

另外，这篇小说的结构也确实有趣。小说中罗尔丹两次出场，是明显的两段重复叙述，你不认真读，会以为是印刷错误。这当然是作者有意设计的，也是精密的匠心。一种钟表一样的环形结构，叙事的指针走了一圈，看似时间在重复，人物在重复，场景在重复，实际上失忆的故事进入了一轮新的循环。那个名叫罗尔丹的男人又来了，罗尔丹无法摆脱，失忆的姑娘摆脱了一次危险，但第二次会是什么样的遭遇？谁也不知道。

“到底怎么了？”

“谁也不知道！”

这通常是短篇小说的读者与作者之间最经典的问答游戏，当然，也是最有趣的游戏。

二、君特·格拉斯《左撇子》

君特·格拉斯大名鼎鼎。读他的作品，总是会勾起我当年看《铁皮鼓》的震撼感受。一个侏儒男孩在尖叫，他发出的尖叫能震碎窗子的玻璃。这个尖叫的侏儒男孩，已经成为君特·格拉斯的注册商标，所以读他的作品，你会有一种期待，这次，有没有尖叫？谁来尖叫？

大家知道君特·格拉斯所擅长的并不是短篇小说。但这个短篇小说，有君特·格拉斯典型的尖叫声，我有兴趣。所谓“左撇子”，一目了然，基本上是一个带有社会学意义的隐喻。除了左派右派的暗示，在这个短篇的语境下，左撇子大约象征一切非主流的、边缘的、被歧视的少数派。读者很容易被带入，不仅你在生活中可能就是一个左撇子，还因为你的世界观可能是左撇子，政治观、信仰，甚至道德，也都有可能是左撇子。

在《左撇子》中，我所说的君特·格拉斯式的尖叫声，起初是压在两把手枪的枪膛里的。两把手枪被“我”和埃李希同时举起，但小说刚开始，明显还不能开枪。君特·格拉斯让读者少安勿躁，他用反讽的轻松笔调描写了左撇子们的纠结、彷徨、自我宽恕、自我救赎，读起来你会会心一笑，笑完后却觉得笑一定是不得体的，因为那种故作轻松的情绪里，充满了压抑和沉重的味道。让人印象深刻的是，作者描写左撇子协会这个群体的自我认定，他们的摇摆，他们自己忽左忽右的价值观，很讽刺，很幽默，但是也充满了异端的忧伤。尤其这种异端的忧伤被夸大被戏剧化后，显得尖锐，痛感明显。

从“尖叫”的音量来看，分贝并不小。小说从两个左撇子举枪开始，到开枪结束，短短的瞬间里，用夹叙的方式诉说了左撇子们的生存处境，这一次射击，表面看是左撇子中两个极端分子的一次了断，一次荒诞的矫正，其实更像一次歇斯底里的抗议。当埃李希和“我”完成那次互射，矫正完毕了，抗议也完成了。他们用一只左手为自己的痛苦埋单，毫无疑问，所有正确的右手使用者也要为偏见和歧视，从道德上埋单。这一次，我们听到的君特·格拉斯的尖叫，是一声“埋单！”，玻璃不会碎，人心不至于碎，但确实是令人警醒的：说谁呢？是让我埋单吗？

这个小说的寓意容易理解，它的优秀之处，在于其抒发愤怒的精确性。精确的愤怒需要超常冷静而自信的力量。读《左撇子》给我的感受是：你看着一座火山冒出滚烫的岩浆，你对火山爆发有心理准备了，你见过火山见过火山爆发，但是火山最后爆发——“我”和艾利希失去左手的一瞬间，你还是被震撼了，你内心也会发出一声迟到的尖叫：别开枪！但是，你细细一想，要想彻底矫正左撇子，要想自然地使用右手，消灭左手不就是最简洁的方法吗？

君特·格拉斯有枪，他用枪写小说。君特·格拉斯的“微暴力”，是某种文学的力量所在，当然也可涉指某种短篇小说的腕力。很少有人倡导短篇小说的力量，但事实上短篇小说只有篇幅受限，力量并不受限。我不认为《左撇子》是多么卓越的短篇小说，但是借用一个比较好的文本，我们可以获得一种另类的阅读经验，让我模拟一次孩子们的说法：有一种短篇小说充满肌肉与青筋，它允许用枪管去写。

三、爱丽丝·门罗《办公室》

门罗写了无数优秀的短篇，为何要谈这篇？说来话长。二〇〇一年我在爱荷华待了三个月，闲来无聊去逛小城唯一的书店，发现一个白人美女作家（明显还是严肃作家，而且是短篇小说作家）长时间地占据了书店书架中最重要的位置。我很好奇，不知她是何方神圣，但知道这家大学城书店品味高尚，供奉的一定是一方神圣，所以，虽然是英文版，阅读有心无力，还是掏出美元买了一本*SELECTED STORIES*（VINTAGE 出版社），自勉以后学好英文好好拜读。爱丽丝·门罗的这个小说精选后来被我带回家，我确实努力读过其中几篇的开头，终因云里雾里放回我的书架，从此门罗在我的书架上摆了一个漫长而寂寞的pose[①]，她让我想起的其实往往不是短篇小说，而是爱荷华小城。

---

① 意为姿势。

二〇〇五年我为百花文艺出版社编选一个外国短篇读本，一心想摆脱“老生常谈”，就刻意地寻找一些“新鲜的”，后来我从一个国内选本中找到这篇《办公室》，如获至宝，怀着对门罗莫名的好感读，毫无疑问地读出了诸多好感，当然选入了我的这个选本。当二〇一三年的诺贝尔文学奖颁给门罗时，我莫名其妙地开心，而且欣慰，多半也是这件莫名其妙的往事。

但我必须说，在二〇一三年之前，我其实不知道门罗究竟写得有多好。后来补看她的作品，发现《办公室》这篇在门罗无数的短篇小说中，应该只是中等水准，但所幸这一篇有代表性，所谓门罗风格，窥此一斑亦可见全豹吧?

《办公室》是门罗小说一贯的叙事风格，娓娓道来的生活琐事，貌似来自作者散漫的记忆和琐碎的生活经验，其实经过了精心的提炼。我的感受是，一个作家在创作时，在他们思维的背后，其实透露出某些身体语言和动作，你依稀可以看得见。有的作家的写作感觉是奔跑型的，你总觉得他在奔跑，目的无疑是要追求叙事的高速度和高频率，又或者，他们在奔跑中蹦蹦跳跳，还不时地举起一只手，似乎要去触及故事的天花板，以达到他预想的叙事高度，不能“形而上”，毋宁死。有的作家是散步型，保持均匀的速度，以耐心抵达故事的终点，但是你也很容易看到，他在途中遇到一些岔路口，似乎迷路了，所以你会觉得他在东张西望，犹豫不决，再选择，有可能就错了，走入一条歧途。有的是攀岩型，故事就是那一堵悬岩，他们始终以惊险的方式朝高处攀登，一不小心就会掉下来。有的就很像游水型的，他们心目中的故事成为水，送他们逆流而上，或者顺流而下，当然，游泳的姿势是区别他们的关键，有的泳姿漂亮，可以有效利用水的浮力，有的是勉强的狗刨，让你担心他会被水呛着。

而在我看来，门罗有一种典型的家庭主妇的身体语言，很像是一直弯着腰，在自己的家里，或者在家门口的街道上，用一把特制的扫帚扫地。这样扫啊扫啊，扫出了她的几百个短篇小说。请不要以为这是我对她的不敬，相反，恰好是我感受到了她的特殊，极其喜爱这种独特的态度。她从来不会刻意拉高自己作为作家的姿态，反而习惯弯着腰，她似乎不认为小说需要强大的故事性来驱动，因此几乎不经营故事（所以爱看故事的读者大概不会太喜欢门罗）。你可以说她扫地扫的是记忆。她信任自己的记忆，信任自己对生活的观察和感受，哪怕生活本身是平淡的，甚至是死气沉沉的，她的习惯，或者说她的写作道德，恰好是向这份平淡、这份死气沉沉致敬。她弯腰扫地，当然是有所企求，那很像是从满地的灰尘和垃圾中，索取某种遗落的珍宝。对于别人来说那是一件不可思议的事，对于她，却是本能，是自然而然。而且，她竟然可以做到。

恰恰是一种低姿态的写作为门罗带来了难以撼动的尊严，那不是一个中产阶级家庭妇女的尊严，更不是西方常见的女权主义的尊严，而是门罗式的尊严。这尊严来自何处？值得探讨。与欧陆的女性文学传统比较，门罗的写作与勃朗特姐妹的《简爱》《呼啸山庄》，简·奥斯汀的《傲慢与偏见》，弗吉尼亚·伍尔夫的《达洛威夫人》，甚至上一个诺贝尔文学奖得主英国多丽丝·莱辛之间，似乎没有太多的可比性，她写得家常，写得碎片化，更重要的是，她似乎有意无意切割了与这批作家的联系，并无为女性权利发言的任何痕迹。与另一个具有国际声誉的叱咤风云的加拿大女作家玛格丽特·阿特伍德相比，门罗明确表示自己不是女权主义者，对政治无感，她只是一个酷爱短篇的家庭主妇，而且坦率地承认，自己不是不想写长篇小说，是不会写长篇小说——这一点很有意思。我们不必计较她这样放低身段，到底是自卑，还是一种傲慢？她对自己作家角色的极其家常化的自我设定，几乎是反传统的，这与她在读者心目中的大师角色是否会产生矛盾？换句话说，如果她是大师，那托尔斯泰、陀思妥耶夫斯基还是不是大师？卡夫卡、福克纳还是不是大师？现在看来，这也越来越不是问题了。在文学价值观越来越多元化的时代，门罗，就是个令人意外的个案，以我的感受来说，她就是一个以扫地姿势写作的大师。也许门罗给人以足够的启迪。这个时代大师的使命已经更改，呐喊也许多余了，到广场上去呐喊，不一定能打动人心，大师可以潜伏在厨房里、婴儿床边，可以靠在自己家的门廊上与邻居谈天说地，或许，这个时代的真理，也可以以窃窃私语或者煲电话粥的方法去发现了。

不呐喊，只是窃窃私语，这是门罗获取尊严的独特路径。与其说门罗诚实，不如说她勇敢。作家为何人，写作为何物，她是不承认任何教条的。绕过了这些教条，她获得了解放，也成全了自己的写作。如果说门罗创造了任何新的教条可以参考，那就只有一句话：我，就是小说！

我，作为一种尊严的伦理基础，其实已经够强大了。读门罗，读的就是这种尊严——“我”的尊严。门罗写了几百个短篇，在毫无野心的情况下，以一个现代女性对生活细腻的触觉和灵敏的知觉，慢慢征服全世界的读者。读门罗，你恰好需要对现实生活有一个自然的“反文学”的认识，你的生活不是充满珍奇的宝藏的，你的生活往往琐碎无趣，就像一堆垃圾那样躺了一地，关键是用扫帚将其扫开，不停地执着地扫，如果你扫地像门罗扫得那么好，最后一定会扫出一块宝石，交给读者。

从某种意义上说，门罗的小说不宜复述，复述会觉得索然寡味，你必须读，在阅读中才可以发现，有这么一种小说，以女性的细微和轻柔触及生活的核心，那么微妙，那么打动人心。

再谈谈《办公室》这篇小说。

我前面说过，这不是多么出色的门罗小说，但是标准的门罗扫地扫出来的小说，她扫出的那块宝石，主要镌刻着一个人物形象，就是房东马利先生。如果你对门罗小说的人物形象做一个基本概括，会发现，她对好人与坏人一样无兴趣，她特别喜欢并且擅长描写某种中间人物。

马利先生就是这么一个典型的中间人物。他对“我”的善意的骚扰，依据也许仅仅是“我们都是有爱好的人”。“我”迷恋写作，他喜欢制作船舶模型，被他理解为某种共同语言。他对“我”的殷勤，目的隐晦，并没有流露出多少性的色彩，更多的是流露出一种控制欲，是房东对房客的控制，也是男人对女人的控制。

马利先生毫无疑问是个加拿大男人，但我们都觉得似曾相识吧？他似乎就是你在一个中产阶级社区的隔壁邻居。一个文明的、自以为是的、伪善的中产阶级男人，他内心的邪恶被教养所掩盖，他永远需要另一种伪善，可以与他的伪善合作，但偏偏“我”是不合作的人。因此，所有披在马利先生身上的文明的面纱被揭开，“我”受到了几乎是阴险而下作的惩罚，被迫离开这间办公室。一个写作的家庭妇女终究又回到家庭去了。

我想我也许不应该联想到“娜拉”。以门罗的写作理念来看，《办公室》与一百年前的易卜生《玩偶之家》毫无一致，门罗对娜拉为何出走是不感兴趣的，她通常对娜拉出走以后怎么样了，更感兴趣。但这篇《办公室》，与她更著名的那篇《逃离》一样，恰好在一百年后，巧妙应和了“娜拉出走之后”怎么样的悬念。门罗以一个现代的答案，回复一个古典的命题。在这篇小说中，一个为了写作离家租房的“娜拉”，是被她的房东赶回家庭去的，在加拿大这样的国家，女性解放早已不用呼吁，但门罗的一个短篇无意中提出了某种质疑，不一定。解放之后，还有其他问题呢。怎么没有问题呢？仅仅是一个马利先生，就把一个写作的娜拉赶回家了。女人在家通常要面对一个丈夫，但是，女人离家后，或许要面对一千个房东马利先生。如果我们不忌讳过度演绎一个短篇小说，权且做出这么一个额外的注解，是不是也很有意思？！

门罗的办公室在哪里？或者，女人的办公室在哪里？

关注中。

冯骥才

我为什么写作

其实我能干许多种事，干得都不错。干这些事时我都轻松快活，如果我挑一样干，保管能成行家里手。所以我说，我写作并非自愿，而是出于无奈。我还想说，写作是人生最苦的事之一。

在我没动过稿纸和钢笔时，我专业从事绘画。可是不久“文革”覆盖了整个中国。那时全国人在受难，我也受难。时时感到别人的泪别人的血滴在我心上。有时我的心承受不了，就挥笔画画，拿如梦的山如烟的树如歌的溪水抚慰自己。渐渐我觉得自己熟悉的这种画画的方式非常无力和非常有限。现在明白了，当时我所需要的是清醒，并不是迷醉。心里消化不了的东西必须释放出来才得以安宁。有一次我悄悄写一个故事，写一个出身不好的青年在政治高压下被迫与自己的母亲断绝关系，因而酿成悲剧而深深忏悔。这是我一个朋友的亲身经历。我由于去安慰他而直接感受到他的矛盾、悔恨与良心难安之痛。尤其我也是个“狗崽子”，处境和他一样，同病相怜，我写他其实也是写自己。这小说的原稿我早已烧掉，因为这种文字会给我带来牢狱之灾乃至家破人亡，但我头一次尝到写作时全部身心颤动抖动冲动时的快感，感受到写作是一种自我震撼，发现只有写作的方式才最适合自己的内心要求。我想，这大概就是我写作生涯的开始。写作不开端于一部什么处女作，什么成功，甚至什么“一鸣惊人”，而开端于自己被幽闭被困扰被抑制的内心的出路。有如钻出笼的鸟儿的无限畅快，有如奔泻的江口的无比酣放。

这便是我写作的一个缘起。十年里，我的写作完全是在绝密的空间里，一边写，一边把写好的东西埋藏起来；有时不放心自己，还要找出来重新再藏。愈是自己埋藏的地方，愈觉得容易被人发现。我写作是决不想当作家的，因为那时作家们都在过着囚徒的生活；也更不可能有赚一点稿费的念头，如果将这些东西公布出去，就相当于自杀。可是就这样，我却感受到了写作的真谛，和它无比神圣的意义。

写作来自沉重的心，写作是心的出路。

现在，有时我也会问自己，什么时候搁笔不再写了？

我想，除非我的心平静了。它只要还有一点点不安，就非写不可。

我前边说，我什么都能干。其实不对，其实我很笨，因为我找不到其他方式更能倾尽我的心。

一九九八年四月

我心中的文学

真正的文学和真正的恋爱一样，是在痛苦中追求幸福。

一

有人说我是文学的幸运儿，有人说我是福将，有人说我时运极佳，说话的朋友们，自然还另有深意的潜台词。

我却相信，谁曾是生活的不幸者，谁就有条件成为文学的幸运儿；谁让生活的祸水一遍遍地洗过，谁就有可能成为看上去亮光光的福将。当生活把你肆意掠夺一番之后，才会把文学馈赠给你。文学是生活的苦果，哪怕这果子带着甜滋滋的味儿。

我是在十年动乱中成长起来的。生活是严肃的，它没戏弄我。因为没有坎坷的生活的路，没有磨难，没有牺牲，也就没有真正有力、有发现、有价值的文学。相反，我时常怨怪生活对我过于厚爱和宽恕，如果它把我推向更深的底层，我可能会找到更深刻的生活真谛。在享乐与受苦中间，真正有志于文学的人，必定是心甘情愿地选定后者。

因此，我又承认自己是幸运的。

这场大动乱和大变革，使社会由平面变成立体，由单一变成纷纭，在龟裂的表层中透出底色。底色往往是本色。江河湖海只有在波掀浪涌时才显出潜在的一切。凡经历这巨变又大彻大悟的人，必定能得到无比珍贵的精神财富。因为教训的价值并不低于成功的经验。我从这中间，学到了太平盛世一百年也未必能学到的东西。所以当我们拿起笔来，无须自作多情，装腔作势，为赋新诗强说愁。内心充实而饱满，要的只是简洁又准确的语言。我们似乎只消把耳闻目见如实说出，就比最富有想象力的古代作家虚构出来的还要动人心魄。而首先，我获得的是庄严的社会责任感，并发现我所能用以尽责的是纸和笔。我把这责任注入笔管和胶囊里，笔的分量就重了；如果我再把这笔管里的一切倾泄在纸上——那就是我希望的、我追求的、我心中的文学。

生活一刻不停地变化。文学追踪着它。

思想与生活，犹如托尔斯泰所说的从山坡上疾驰而下的马车，说不清是马拉着车，还是车推着马。作家需要伸出所有探索的触角和感受的触须，永远探入生活深处，与同时代的人一同苦苦思求通往理想中幸福的明天之路。如果不这样做，高尚的文学就不复存在了。

文学是一种使命，也是一种又苦又甜的终身劳役。无怪乎常有人骂我傻瓜。不错，是傻瓜！这世上多半的事情，就是各种各样的傻子和呆子来做的。

二

文学的追求，是作家对于人生的追求。

寥廓的人生有如茫茫的大漠，没有道路，更无向导，只在心里装着一个美好、遥远却看不见的目标。怎么走？不知道。在这漫长又艰辛的跋涉中，有时会由于不辨方位而困惑；有时会由于孤单而犹豫不前；有时自信心填满胸膛，气壮如牛；有时用拳头狠凿自己空空的脑袋。无论兴奋、自足、骄傲，还是灰心、自卑、后悔，一概都曾占据心头。情绪仿佛气候，时暖时寒；心境好像天空，时明时暗。这是信念与意志中薄弱的部分搏斗。人生的每一步都是在克服外界困难的同时，又在克服自我的障碍，才能向前跨出去。社会的前途大家共同奋斗，个人的道路还得自己一点点开拓。一边开拓，一边行走，至死也不知道自己走了多远。真正的人都是用自己的事业来追求人生价值的。作家还要直接去探索这价值的含义。

文学的追求，也是作家对于艺术的追求。

在艺术的荒原上，同样要经历找寻路途的辛苦。所有前人走过的道路，都是身后之路。只有在玩玩乐乐的旅游胜地，才有早已准备停当的轻车熟路。严肃的作家要给自己的生活发现，创造适用的表达方式。严格地说，每一种方式，只适合它特定的表达内容；另一种内容，还需要再去探索另一种新的方式。

文学不允许雷同，无论与别人，还是与自己。作家连一句用过的精彩的格言都不能再在笔下重现，否则就有抄袭自己之嫌。

然而，超过别人不易，超过自己更难。一个作家凭仗个人独特的生活经历、感受、发现以及美学见解，可以超过别人，这超过实际上也是一种区别。但他一旦亮出自己的面貌，若要再来区别自己，换上一副嘴脸，就难上加难。因此，大多数作家的成名作，便是他创作的峰巅，如果要超越这峰巅，就像使自己站在自己肩膀上一样。有人设法变幻艺术形式，有人忙于充填生活内容。但是单靠艺术翻新，最后只能使作品变成轻飘飘又炫目的躯壳；急于从生活中捧取产儿，又非今夕明朝就能获得。艺术是个斜坡，中间站不住，不是爬上去就是滑下来。每个作家都要经历创作的苦闷期。有的从苦闷中走出来，有的在苦闷中垮下去。任何事物都有局限，局限之外是极限，人力只能达到极限。反正迟早有一天，我必定会黔驴技穷，蚕老烛尽，只好自己模仿自己，读者就会对我大叫一声：“老冯，你到此为止啦！”就像俄罗斯那句谚语：老狗玩不了新花样！文坛的更迭就像大自然的淘汰一样无情，于是我整个身躯便划出一条不大美妙的抛物线，给文坛抛出来。这并没关系，只要我曾在那里边留下一点点什么，就知足了。

活着，却没白白地活着，这便是人生最大的幸福和安慰。同时，如果我以一生的努力都未给文学添上什么新东西，那将是我毕生最大的憾事！

我会说我：一个笨蛋！

三

一个作家应当具备哪些素质？

想象力、发现力、感受力、洞察力、捕捉力、判断力，活跃的形象思维和严谨的逻辑思维；尽可能庞杂的生活知识和尽可能全面的艺术素养；要巧，要拙，要灵，要韧，要对大千世界充满好奇心，要对千形万态事物所独具的细节异常敏感，要对形形色色人的音容笑貌、举止动念，抓得又牢又准；还要对这一切，最磅礴和最细微的，有形和无形的，运动和静止的，清晰繁杂和朦胧一团的，都能准确地表达出来。笔头有如湘绣艺人的针尖，布局有如拿破仑摆阵；手中仿佛真有魔法，把所有无生命的东西勾勒得活灵活现。还要感觉灵敏、情感饱满、境界丰富。作家内心是个小舞台，社会舞台的小模型，生活的一切经过艺术的浓缩，都在这里重演，而且它还要不断变幻人物、场景、气氛和情趣。作家的能力最高表现为，在这之上，创造出崭新的、富有典型意义和审美价值的人物。

我具备这其中多少素质？缺多少不知道，知道也没用。先天匮乏，后天无补。然而在文学艺术中，短处可以变化为长处，缺陷是造成某种风格的必备条件。左手书家的字，患眼疾画家的画，哑嗓子的歌手所唱的沙哑而迷人的歌，就像残月如弓的美色不能为满月所替代。不少缺乏鸿篇巨制结构能力的作家，成了机巧精致的短篇大师。没有一个条件齐全的作家，却有各具优长的艺术。作家还要有种能耐，即认识自己，扬长避短，发挥优势，使自己的气质成为艺术的特色，在成就了艺术的同时，也成就了自己。

认识自己并不比认识世界容易。作家可以把世人看得一清二楚，对自己往往糊糊涂涂，并不清醒。我写了各种各样的作品，至今不知哪一种属于我自己的。有的偏于哲理，有的侧重抒情，有的伤感，有的戏谑，我竟觉得都是自己——伤感才是我的气质？快乐才是我的化身？我是深思还是即兴的？我怎么忽而古代忽而现代？忽而异国情调忽而乡土风味？我好比瞎子摸象，这一下摸到坚实粗壮的腿，另一下摸到又大又软的耳朵，再一下摸到无比锋利的牙。哪个都像我，哪个又都不是。有人问我风格，我笑着说，这不是我关心的事。我全力要做的，是把自己的一切奉献给读者。风格不仅仅是作品的外貌，它是复杂又和谐的一个整体。它像一个人，清清楚楚、实实在在地存在，又难以明明白白说出来。作家在作品中除去描写的许许多多生命，还有一个生命，就是作家自己。风格是作家的气质，是活脱脱的生命的气息，是可以感觉到的一个独个的灵魂及其特有的美。

于是，作家就把他的生命化为一本本书。到了他生命完结那天，他所写的这些跳动着心、流动着情感、燃烧着爱情和散发着他独特气质的书，仍像作家本人一样留在世上。如果作家留下的不是自己，不是他真切感受到的生活，不是创造而是仿造，那自然要为后世甚至现世所废弃了。

作家要肯把自己交给读者。写的就是想的，不怕自己的将来可能反对自己的现在。拿起笔来的心情有如虔诚的圣徒，圣洁又坦率。思想的法则是纯正，内容的法则是真实，艺术的法则是美。不以文章完善自己，宁愿否定和推翻自己而完善艺术。作家批判世界需要勇气，批判自己需要更大的勇气。读者希望在作品中看到真实却不一定完美的人物，也愿意看到真切却可能是自相矛盾的作家。在舍弃自己的一切之后，文学便油然诞生。就像太阳燃烧自己时才放出光明。

如果作家把自己化为作品，作品上的署名，便像身上的肚脐儿那样，可有可无，完全没用，只不过在习惯中，没有这姓名不算一个齐全的整体罢了——这是句笑话。我是说，作家不需要在文学之外再享有什么了。这便是我心中的文学！

一九八四年一月　天津

非虚构写作与非虚构文学

近两年，文学领域内一个词儿热了起来，就是：非虚构。非虚构写作的历史并不算短，当今“非虚构热”与两个因素直接有关：一个是来自艾利斯那本著名的书《开始写吧！——非虚构文学创作》；再一个是白俄罗斯女作家阿列克谢耶维奇的《切尔诺贝利的回忆：核灾难口述史》获得诺贝尔文学奖带来的激发。非虚构写作竟然也能得到诺奖评委的接受，这似乎超出人们的意料。

伴随着这个颇有些时髦意味的非虚构热，一个问题出来了。什么是“非虚构”？它是一种“旧瓶装新酒”，还是新的写作方式、一种新的文学体裁或理念，抑或是一种写作教育？现在还没人能解释清楚。这样，非虚构就成了一个大袋子，所有虚构性创作之外的传统写作，都涌了进来。报告文学、纪实文学、散文、传记和自传、口述史、新闻写作、人类学访谈等等。

对于一个新出现的概念是需要理论来界定的。

比如现在的口述史写作领域也有点乱。最早是出现在史学界的历史学的口述史，后来加入了人类学的口述史、文学口述史。近两年我们又给口述史加进一个新品种——传承人口述史。在做全国的民间文化遗产抢救时我们给自己安排了一个工作，就是为每一项重要的民间文化遗产编制档案。文化遗产——特别是民间文化遗产（“非遗”）向来没有文字性的文献，更没有档案。这些遗产都是无形地保存在传承人的身上和记忆中的。因此说，这种遗产是不确定的、看不见摸不着的、脆弱的，在代代相传的口传心授过程中，一旦中断，立即消失。我们发现，只有用口述的方式记录下来，才能将这种无形的遗产确凿地保留下来，并成为传承的依据。可以说这种针对传承人的口述史是非遗保护必不可少的手段。于是这些年，我们做了大量的传承人口述史，并由此渐渐产生了一种“觉悟”，明确地提出了“传承人口述史”的概念，还成立了专门的研究所。可是我们每次举行传承人口述史论坛进行研讨时，邀请来的专家学者们总是各说各的，莫衷一是。做历史学口述史的，只谈历史学口述史；做人类学口述史的，只谈人类学口述史。大家谈的好像是一个问题，其实不是一个问题。应该说，口述史写作是一致的，但理论上并不是一个体系。我们口述史写作的现象很丰富，但理论建设跟不上去，分类和概念都很模糊，研究很难推进。

所以我们今年的研究方向变了，我们先要把自己的理论概念——传承人口述史弄清，用理论把自己梳理清楚。首先要弄清什么是传承人，谁是传承人。就是先对“传承人”这个概念进行释义。只有把口述对象认识清楚，接下去才能真正深入地探索传承人口述史的价值、目的、性质、内容和方法。

说到非虚构也是如此，这个概念也混乱也模糊。但我是作家，没有能力把这么一个崭新、庞杂、五光十色的概念弄清。现在我的脑袋里只想弄明白，非虚构写作是不是非虚构文学？当年哥伦比亚大学一位瑞士籍的博士做我的《一百个人的十年》研究时，与我长谈了两小时，这使我明白了——他并没有把《一百个人的十年》当作文学。在西方人的书店明显地放着两部分书，一边是虚构，一边是非虚构。与我们不同，我们不那么清楚。因此现在我很想弄清这两者的关系。而且，一个作家不会按照理论去写作，只会为表达生活和感知而去寻找写作方法，剩下的事全听由理论家去解析与评说。

我就从《一百个人的十年》说起。首先，它是非虚构文学。因为它和我的小说全然不同，小说是虚构的，但它不是虚构的。人物、事件、内容、细节，那里边每一句话都是口述对象说的，都是真实的。

我为什么要采用非虚构这种方式写作？这与时代有关。开始，我没想到用非虚构，我想用小说写那个时代（“文革”十年）。那一代作家都要把自己经历过的那个刻骨铭心的时代及其反思留在纸上。但那个时代过于庞大，它深刻地影响甚至决定着每一个人的命运。那个时代充满了黑色的传奇。每个命运都是一个问号。你很难驾驭那样的生活。无法用一部小说——哪怕是史诗性的小说来呈现那个时代。像《战争与和平》或《人间喜剧》。我有过类似《人间喜剧》的设想，后来放弃了。

但我没有放弃“文革”，我没有权利放弃它。一部非虚构作品帮助了我，就是1984年特克尔《美国梦寻》。它告诉我可以不用小说，而直接用现实材料去写那个时代。用生活写生活。我获得一次全新的写作经验（通过在报纸上发表“广告”，借助媒体传播信息，与“文革”受难者通信和约见，随后进行口述访谈）。我感受到一种不一样的力量，非虚构写作的力量。我不用去想如何使我的文学想象具有说服力，而非虚构写作恰恰相反——生活的本身就是说服力。

虚构和非虚构是完全不同的两种文学思维。小说是虚构的。你的写作背景是现实的，你的素材来自生活，但你的写作思维却是虚构。所谓虚构，就是用想象去表现或创造生活中没有的。我说过“科学是发现，艺术是创造，科学是发现世界中原本有的，艺术是创造生活中原本没有的”。牛顿发现万有引律，居里夫人发现钋和镭，都是大千世界中原本有的；但文学和艺术的形象是世界原本没有的。贾宝玉、安娜·卡列尼娜、冉·阿让是没有的，贝多芬的《欢乐颂》和施特劳斯的《蓝色的多瑙河》的旋律也是没有的。所以，发现万有引律是伟大的，文学和音乐也是伟大的。

小说创作的思维是自由的，它完全不受制约，因为它是虚构的。非虚构就不同了。它受制于生活的事实，它不能天马行空般地自由想象，不能对生活改变与随意添加，必须遵守“诚实写作”的原则。是不是非虚构的价值低于虚构的价值？当然不是！由于它来自真实的生活，是原原本本生活的事实，所以它是生活、历史和命运毋庸置疑的见证。作家愈恪守它的真实，它就愈有说服力。这是虚构文学无法达到的。

但是，它究竟能否达到优秀的虚构文学的高度？我认为这正是需要凭借文学——文学的力量。我认为在非虚构的写作中，文学的价值首先是思想价值。这个思想价值，当然要来自你对自己选择的题材本身思想内涵认识的深度。比如阿列克谢耶维奇的《核灾难口述史》。

你对生活认识的深度决定你对事件与人物开掘的深度。我对《一百个人的十年》这一题材（时代和事件）的认识已写在“总序”中了，这里就不多说了。我要表达的意思是，虚构依靠想象力和创造力，非虚构首先来自对生活的认知、发现与忠实。

文学的思想是靠文学体现。现在我们来研究非虚构的文学性。人是文学的生命与灵魂，如果我们抓不住一些这个时代特有的、个性的、典型的、命运独具的、活灵灵的人物，非虚构写作就谈不到价值与意义。

小说的人物是作家创造的，生活的人物是现实创造的。然而现实对人的“创造”往往比作家的想象更加匪夷所思，就看我们是否能够遇到、寻找到、认识到。我在《一百个人的十年》写作中有许多这样的体验。如果我们找到这样的人物，我们便拥有了这种写作最强劲的资源，以及写作的动力与激情。

正为此，在《一百个人的十年》中我想采用一群命运与个性不同，但具有同样时代印记的人物，呈现那个历史。同时通过这些人物挖掘时代后边的东西。比如政治的、历史的、国民性的、人性的等种种问题，交给人们思考。

我把细节作为文学的重要的元素。细节是文学作品“最深刻的支点”，它还能点石成金。小说中的细节可以成就一个形象、一个人物，甚至一部小说，成为最深刻的部分。我的小说常常在找到这样一个细节时才开始写作。比如《高女人和她的矮丈夫》结尾中那张伞。

在非虚构文学也是如此。比如《炼狱·天堂》韩美林用自己挨斗时鞋尖流出的血画鸡的细节。这个细节使我决心为他写一部文学口述史。他的经历超出我们的想象。这个细节表达了我对一个真正的艺术家的理解，即真正的艺术家应该始终活在他理想的美里，他是“疯子、傻子与上帝”。这也是我写《感谢生活》的主题。真正的艺术家是匪夷所思的。即使他生活在地狱中，灵魂也在天堂里。可是一部作品只有这一个细节是不够的。这里说的，是必须有一种“金子一般的细节”。如果从生活中不能发现一些这样的金子般的细节，我还是无法写作。小说也是如此。一个人物能站起来，要靠足够非常绝妙的细节。但小说的虚构是想出来的，从现实中借用而来的。非虚构必须是生活本来有的，要靠我们自己去挖掘。

再说另一个非虚构文学的文学要素，就是语言。文学是用语言和文字表达的，语言与文字是否精当与生动不仅关乎表现力，还直接体现一种审美。中国文学史诗歌成熟在前，散文在后，诗对文字的讲究影响到散文。在我国的文学史中，散文达到的水准太高。散文的叙述影响我们的行文。非虚构作品无法发挥更多的审美想象，它的文学性往往更依靠语言（叙述语言）的能力与品质。

我认为在非虚构文学中，文字和文本应根据内容进行不同的审美设定。比如在《一百个人的十年》中我采用口述对象的“第一人称”。我只是在每一篇口述的末尾加一句我的话，并使用黑体字标明，用来彰显作品中最深切的思想。但是在《炼狱·天堂》中，我选择我与韩美林对话的方式。其原因，一、对话更有现场感；二、韩美林说话极有个性，他的语言能够直接体现他的个性；三、我是写小说的，用人物的对话来塑造人物是我的强项。新闻访谈往往把对话作为一种问答，文学则用这种问答表现对方的心理，推动内容的进展，塑造人物。

有人问我，可否把《一百个人的十年》改写成小说，当然可以，但那是另当别论了。

由此，我还想说自己对非虚构文学访谈的一种体会：访谈是非虚构写作中一种十分重要的工作的方式。它与一般新闻访谈不同。一般新闻访谈是功利性的，是获取新闻素材的一种手段。文学则是作家与访谈人的心灵交流。不进入这种交流，不可能达到文学所要求的深度。

最后我想说，我上面谈的只是讲了个人在非虚构文学写作中的一些思考，而且主要是文学口述史。现在回到开始所说的话题上——现在，我国的非虚构写作还是一个庞大、庞杂、没有厘清的概念。我只想表述，非虚构文学不等同于非虚构写作。非虚构文学似乎只是非虚构写作的一部分。我今天只强调了非虚构文学的文学性。对于整个非虚构写作，我的想法是：一方面它应是开放的，先不要关门，也不设置许多准入条款；但一方面要用理论梳理、分类，为其概念定义。应该说，非虚构写作的理论是一个未开垦的处女地，我们大有可为。

二〇一八年八月十九日

史铁生

宿命的写作

“四十而不惑，五十而知天命”，这话似乎有毛病：四十已经不惑，怎么五十又知天命？既然五十方知天命，四十又谈何不惑呢？尚有不知（何况是天命），就可以自命不惑吗？

斗胆替古人做一点解释：很可能，四十之不惑并不涉及天命（或命运），只不过处世的技巧已经烂熟，识人辨物的目光已经老练，或谦恭或潇洒或气宇轩昂或颐指气使，各类做派都已能放对了位置；天命么，则是另外一码事，再需十年方可明了。再过十年终于明了：天命是不可明了的。不惑截止在日常事务之域，一旦问天命，惑又从中来，而且五十、六十、七老八十亦不可免惑，由是而知天命原来是只可知其不可知的。古人所以把不惑判给四十，而不留到最终，想必是有此暗示。

惑即距离：空间的拓开，时间的迁延，肉身的奔走，心魂的寻觅，写作因此绵绵无绝期。人是一种很傻的动物：知其不可知而知欲不泯。人是很聪明的一种动物：在不绝的知途中享用生年。人是一种认真又倔犟的动物：朝闻道，夕死可也。人是豁达且狡猾的一种动物：游戏人生。人还是一种非常危险的动物：不仅相互折磨，还折磨他们的地球母亲。因而人合该又是一种服重刑或服长役的动物：苦难永远在四周看管着他们。等等等等于是最后：人是天地间难得的一种会梦想的动物。

这就是写作的原因吧。浪漫（不“主义”）永不过时，因为有现实以“惑”的方式不间断地给它输入激素和多种维他命。

我自己呢，为什么写作？先是为谋生，其次为价值实现（倒不一定求表扬，但求不被忽略和删除，当然受表扬的味道总是诱人的），然后才有了更多的为什么。现在我想，一是为了不要僵死在现实里，因此二要维护和壮大人的梦想，尤其是梦想的能力。

至于写作是什么，我先以为那是一种职业，又以为它是一种光荣，再以为是一种信仰，现在则更相信写作是一种命运。并不是说命运不要我砌砖，要我码字，而是说无论人干什么人终于逃不开那个“惑”字，于是写作行为便发生。还有，我在给一个朋友的信中这样说过：“写什么和怎么写都更像是宿命，与主义和流派无关。一旦早已存在于心中的那些没边没沿、混沌不清的声音要你写下它们，你就几乎没法去想‘应该怎么写和不应该怎么写’这样的问题了……一切都已是定局，你没写它时它已不可改变地都在那儿了，你所能做的只是聆听和跟随。你要是本事大，你就能听到得多一些，跟随得近一些，但不管你有多大本事，你与它们之间都是一个无限的距离。因此，所谓灵感、技巧、聪明和才智，毋宁都归于祈祷，像祈祷上帝给你一次机会（一条道路）那样。”

借助电脑，我刚刚写完一个长篇（谢谢电脑，没它帮忙真是要把人累死的），其中有这样一段：“你的诗是从哪儿来的呢？你的大脑是根据什么写出了一行行诗文的呢？你必于写作之先就看见了一团混沌，你必于写作之中追寻那一团混沌，你必于写作之后发现你离那一团混沌还是非常遥远。那一团激动着你去写作的混沌，就是你的灵魂所在，有可能那就是世界全部消息错综无序的编织。你试图看清它、表达它——这时是大脑在工作，而在此前，那一片混沌早已存在，灵魂在你的智力之先早已存在，诗魂在你的诗句之前早已成定局。你怎样设法去接近它，那是大脑的任务；你能够在多大程度上接近它，那就是你诗作的品位；你永远不可能等同于它，那就注定了写作无尽无休的路途，那就证明了大脑永远也追不上灵魂，因而大脑和灵魂肯定是两码事。”

卖文为生已经十几年了，唯一的经验是，不要让大脑控制灵魂，而要让灵魂操作大脑，以及按动电脑的键盘。

一九九五年十二月二十二日

写作与越界

柏拉图说：“哲学从惊奇开始。”我想，文学何尝不是这样？另一位哲学家说：哲学就是“对通常信以为真的基本问题提出质疑”。我想，如果哲学对解疑抱有足够的自信，文学的不同则在于，要在不解的疑难中开出一条善美的路。

鉴于上述理解，越界之于文学就是必然——如果“对通常信以为真的基本问题提出质疑”，你当然就不可避免地要越界了；如果要在不解的疑难中开辟另一条道路，你当然就得准备越一条大界。

为此应当感谢文学，感谢它为人生不至于囚死在条条现实的界内，而提供了一种优美的方式，否则钟表一样地不越雷池，任何一种猿类都无望成人。这样说吧：文学即越界，文学的生命力就在于不轨之思，或越界的原欲；倘于既定的界内大家都活得顺畅、满足，文学就根本不会发生。

正如亚里士多德所说，“人人生来都想认识什么”，所以，灭欲不像是上帝的意图。上帝以分离的方法创造了世界，便同时创造了被分离者相互的渴望；上帝从那无限的混沌中创造出种种有形、有限的事物，便同时创造了有形、有限者越界的冲动。人不大可能知晓上帝的动机，但必须承担这创造的后果。

譬如曹雪芹笔下的那块顽石，原本无欲无念、埋没于无限的混沌中如同不在，但一日忽慕红尘，即刻醒为有形、有限，入世而成人生……于是乎一体之囚，令其尽尝孤独，令其思慕他者，便一次次违规、越界；“一把辛酸泪”全是为着要与另外的心魂团聚。可是梦啊，哪有个完呢？可是人哪，怎能没有梦？正如这有限的身心，注定要向那无限之在不息地眺望！——唯其如此，才可谓存在或存在者吧。

但那无限之在到底是什么，或上帝的意图到底是什么呢？尽管有“空空大士”和“渺渺真人”的引领，那痴情公子的最终去处，仍是人所不知且永不可知、人所寄望并永寄希望的所在。一部泣鬼惊神的《红楼梦》，见仁见智地让人说不完。要我说，什么世态炎凉，什么封建社会，以及种种玄机、隐喻，全在次要，那根本说的是人生处境，永恒不可以摆脱的存在本质！存在，势必有限，否则不存在；有限，必然对立着无限，否则二者皆不能在；而这对立，便注定着人生孤苦，注定会思慕他人，注定要不断地超越种种限制。

但超越的方向，通常会是两路：一路是做成强权，一路是皈依神愿。强权，是一定要加固种种限制的，否则何以恃强？而神愿，却是一条没有尽头的向爱之路、超越之路；一旦有尽，就得警惕强权又要在那尽头树起偶像了。所以，料那“空空大士”“渺渺真人”也不能抵达无限。无限，可怎么抵达？一经抵达，岂不又成了有限？“空空”与“渺渺”能给那痴情公子提供的选择，料也只有两项：一是无欲无念地复归顽石，复归虚无；再就是不断越界，像西绪福斯那样，把无限的路途看作无限超越的可能，再把这无限的可能融于你的痴情——爱，并永远地爱着，哪怕是血泪。

我辈都不过是以皮肤，以衣服，以墙壁，尤其是以语言——早有人说过，“与其说语言表达了什么，不如说它掩盖了什么”——为界的一种有限存在，存在于这空空渺渺的无限之中。因而我们对他人或他者的向往，也便顺理成章地无限着。但无论是皮肤、衣服、墙壁、语言还是别的什么，都不能阻挡我们的向往。所以我猜，在那条条界线之外，空空渺渺之中，早有另样的戏剧在上演，一直都在上演，那便是心魂之永恒的盼念。我们想象那样的戏剧，倾慕那样的戏剧，窃盼它能成真，所以有了文学。但如果“文学”二字也已然被不断加固的某些界线所囚禁，我们毋宁只称其为：写作。

我遗憾地发现，“文学”二字果然已被“知识树”的果实给噎成了半死；更多的人宁愿相信那不过是一种成熟与否的技能，却忘记着，上帝所以要给人孤独、欲望和写作才能的苦心苦盼。比如说，人们宁愿相信真实是文学的最高境界，却很少去问：真实到底是指的什么？终归要由谁来鉴定？真实，难道不是意味着公认？数学的真理要靠公认，文学的境界莫非也得靠它？倘其如此，独具的心流就很容易被埋没、被强迫了；一俟神明不止于看顾个人，只怕集体的偶像就又要出面弄权了。能够摆脱公认的真，是人的真诚或神的真愿。对真实的迷拜，很容易使文学忽视着独属于心魂的疑难，忽视着那空空渺渺之中的另样戏剧（《我的丁一之旅》中称之为“虚真”）。这样的忽视，突出地表现于，我们越来越缺乏自我审视的能力，越来越喜欢在白昼的尘埃中模仿激情，而害怕走进黑夜，去探问自己的内心——即被遮挡在皮肤、衣服、墙壁和话语后面的心魂。

我特别看重疑难。一是因为，疑难是从不说谎的，尤其是不对自己说谎；二是因为，疑难既是囚禁的后果，更是越界的势能。

我特别敬仰日本作家横光利一前辈。他的书我其实是最近才读到的，而且读得不多，但他的《作家的奥秘》一文令我震动。他说：“绝对需要从一开始就设定一个第四人称。……探求道德就该最先从这一问题着手做起——把第四人称置于自身内部的何处。”什么是第四人称呢？他说：“比方说，作家要写某个心地善良的人，在这种场合，他是将自己彻底变成那个心地善良者呢？抑或只是观察他，这思忖的当儿，作家便要触及自身的奥秘。”我想，第四人称，即是那超越了你、我、他三种位置的神性观照吧；是要作家们不仅针对他人，更要针对自己，切勿藏起自己的“奥秘”，一味地向读者展示才华和施以教导。所以我想，写作不是模仿激情的舞台，而是探访心魂的黑夜。横光利一先生接着说：“不设定第四人称，思考便无从进行。柏拉图是第一个从对新假设的感激中认识到了善的。近代的道德探索之所以没有出现任何新的假设，可能是因为人们对某种东西心存恐惧吧？而恐惧的原因，总是存在于最为无聊低级的地方。”

不过这样，横光利一先生就又为写作立下一个原则了，即“第四人称”的境界。正所谓“没有规矩，何成方圆”吧，其实每一次越界，又都是一种更高境界的建立。彻底的价值虚无者当然也可以写和不断地写，但若满篇文字无涉心魂，或干脆是逃避心魂，那是越界吗？那其实已然又入混沌。孔子的“从心所欲不逾矩”，仍不失为伟大教导。

最后，让我再引一段横光前辈的话，作为本文的结尾吧：“作家的奥秘，既不在写作的意欲，也不在非写不可，而在于与自身的魔障做斗争。”如果我们准备听取他的忠告，就督促自己去超越自身这一条大界，尽量站到“第四人称”的位置上去，再来想写什么和怎么写吧。

二〇〇六年六月一日

熟练与陌生

艺术要反对的，虚伪之后，是熟练。有熟练的技术，哪有熟练的艺术?

熟练（或娴熟）的语言，于公文或汇报可受赞扬，于文学却是末路。熟练中，再难有语言的创造，多半是语言的消费了。罗兰·巴特说过：文学是语言的探险。那就是说，文学是要向着陌生之域开路。陌生之域，并不单指陌生的空间，主要是说心魂中不曾敞开的所在。陌生之域怎么可能轻车熟路呢？倘是探险，模仿、反映和表现一类的意图就退到不大重要的地位，而发现成其主旨。米兰·昆德拉说：没有发现的文学就不是好的文学。发现，是语言的创造之源，便幼稚，也不失文学本色。在人的心魂却为人所未察的地方，在人的处境却为人所忽略的时候，当熟练的生活透露出陌生的消息，文学才得其使命。熟练的写作，可以制造不坏的商品，但不会有很好的文学。

熟练的写作表明思想的僵滞和感受力的麻木，而迷恋或自赏着熟练语言的大批繁殖，那当然不是先锋，但也并不就是传统。

如果传统就是先前已有的思想、语言以及文体、文风、章法、句式、情趣……那其实就不必再要新的作家，只要新的印刷和新的说书艺人就够。但传统，确是指先前已有的一些事物，看来关键在于：我们要继承什么以及“继承”二字是什么意思？传统必与继承相关，否则是废话。可是，继承的尺度一向灵活因而含混，激进派的尺标往左推说你是墨守成规，保守者的尺标往右拉看你是丢弃传统。含混的原因大约在于，继承是既包含了永恒不变之位置又包含了千变万化之前途的。然而一切事物都要变，可有哪样东西是永恒不变的和需要永恒不变的么？若没有，传统（尤其是几千年的传统）究竟是在指示什么？或单说变迁就好，继承又是在强调什么？永恒不变的东西是有的，那就是陌生之域，陌生的围困是人的永恒处境，不必担心它的消灭。然而，这似乎又像日月山川一样是不可能丢弃的，强调继承真是多余。但是！面对陌生，自古就有不同的态度：走去探险，和逃回到熟练。所以我想，传统强调的就是这前一种态度——对陌生的惊奇、盼念，甚至是尊敬和爱慕，唯这一种态度需要永恒不变地继承。这一种态度之下的路途，当然是变化莫测无边无际，因而好的文学，其实每一步都在继承传统，每一步也都不在熟练中滞留因而成为探险的先锋。传统是其不变的神领，先锋是其万变之前途中的探问。

（也许“先锋”二字是特指一派风格，但那就要说明：此“先锋”只是一种流派的姓名，不等于文学的前途。一向被认为是先锋派的余华先生说，他并不是先锋派，因为没有哪个真正的作家是为了流派而写作。这话说得我们心明眼亮。）

那，为什么而写作呢？我想，就因为那片无边无际的陌生之域的存在。那不是凭熟练可以进入的地方，那儿的陌生与危险向人要求着新的思想和语言。如果你想写作，这个“想”是由什么引诱的呢？三种可能：市场，流派，心魂。市场，人们已经说得够多了。流派，余华也给了我们最好的回答。而心魂，却在市场和流派的热浪中被忽视，但也就在这样被忽视的时候她发出陌生的呢喃或呼唤。离开熟练，去谛听去领悟去跟随那一片混沌无边的陌生吧。

在心魂的引诱下去写作，有一个问题：是引诱者是我呢，还是被引诱者是我？这大约恰恰证明了心魂和大脑是两回事——引诱者是我的心魂，被引诱者是我的大脑。心魂，你并不全都熟悉，它带着世界全部的消息，使生命之树常青，使崭新的语言生长，是所有的流派、理论、主义都想要接近却总遥遥不可接近的神明。任何时候，如果文学停滞或萎靡，诸多的原因中最重要的一个就是：大脑离开了心魂，越离越远以至听不见她也看不见她，单剩下大脑自作聪明其实闭目塞听地操作。就像电脑前并没有人，电脑自己在花里胡哨地演示，虽然熟练。

一九九五年九月二十八日